기수역汽水域에 남은 사람들

기수역汽水域에 남은 사람들

발행일	2025년 11월 28일
지은이	최순희
펴낸이	손형국
펴낸곳	(주)북랩

출판등록 2004. 12. 1(제2012-000051호)
주소 서울특별시 금천구 가산디지털 1로 168, 우림라이온스밸리 B동 B111호, B113~115호
홈페이지 www.book.co.kr
전화번호 (02)2026-5777   팩스 (02)3159-9637

ISBN   979-11-7224-980-9 03810 (종이책)   979-11-7224-981-6 05810 (전자책)

잘못된 책은 구입한 곳에서 교환해드립니다.
이 책은 저작권법에 따라 보호받는 저작물이므로 무단 전재와 복제를 금합니다.
본 도서는 (주)북랩이 보유한 리코 인쇄 장비 등 자체 생산 인프라를 통해 제작되었습니다.

작가 연락처 문의 ▶ ask.book.co.kr
전용 게시판에 문의를 남기시면 저자에게 직접 전달됩니다.

(주)북랩 성공출판의 파트너
북랩 홈페이지와 SNS에서 다양한 출판 솔루션을 만나 보세요!

홈페이지 book.co.kr   •   블로그 blog.naver.com/essaybook   •   출판문의 text@book.co.kr
카톡채널 북랩

최순희 단편소설집

기수역汽水域에 남은 사람들

작가의 말

더워도 더워도 너무 덥다고 탓하던 여름이 떠나갔다.
 붉게 타는 낙엽을, 노란 은행잎 흩날리는 가을을 기다리고 있는데 찬바람이 성큼 스며들었다.

 계절도 바쁜가?

 그 여름에 수필집, 시집 출간한 문인협회 회원, 이른 가을에 새 시집을 보내온 국문과 동기, 문학의 길을 사계절 동반자로 걷고 있는 문인들.
 모든 분의 행복과 건강을 기원합니다!

 한 권의 단편집을 출간하기까지 수고해주신 분들께 감사 인사를 보냅니다!

2025년 가을날
부산 최순희

(목차)

작가의 말 • 5

울지 못하는 새 • 9
기수역汽水域에 남은 사람들 • 35
뻐꾸기 둥지 • 59
그믐달 • 88
이웃집 여자 • 108
제사의 전설 • 128
사랑을 위하여 • 147
바람의 노래 • 165
느티나무가 있는 마을 • 183

최순희 단편소설집

울지 못하는 새

"나지선 님, 들어오세요!"

6번 진료실 간호사가 호명했다. 나는 나지선 이름에 눈을 번쩍 떴다. 내 옆 옆자리 여자가 검정 패딩을 벗어 앉았던 자리에 던지고 진료실로 들어갔다. 나지선, 나지선? 어딘가 아는 이름인데 누구 이름일까? 폰에서 윤희영을 눌렀다.

"참 부지런도 하셔. 아침부터 웬일?"

"너 나지선 이름 알지?"

"뚱딴지같이 나지선은 왜, 누군데?"

"우리 여고 동창 중에 나지선 애 있었지? 맞지?"

"나지선, 나지선? 겨우 생각나네. 걔 언제 봤어야지. 동기회 한 번 안 나온 애를 아침부터 왜 찾누?"

"여기 병원인데 지금 불려 들어간 여자 이름이 나지선이야."

"동명이인 아니고? 세월이 얼마나 지났는데 나이 든 나지선 알겠던?"
"마스크까지 해서 그 앤지 아닌지 잘 모르겠더라. 끊어."
 정형외과 병원에 나는 왼쪽 무릎 통증으로 연골주사 맞으러 왔다. 연골주사는 일주일에 한 번, 삼 주 맞으면 신기하게 통증이 나았다. 다행히 1년 넘게 병원에 오지 않았는데 날이 추워선지 통증이 재발하였다. 무릎이 아프면 걷기가 힘들어 짜증이 나고 삶의 질이 떨어졌다. 어디 가도 앉을 자리만 보였다. 접수번호 15번 뽑아 진료실 앞으로 가보니 소파에는 벌써 사람들로 찼는데 5명 자리에 4명 앉아 있어 '실례합니다' 하고 그 사이에 비집고 앉았다. 겨울이라 두꺼운 옷을 입고 있어 다들 조금씩 비켜앉는데 검정 패딩에 검은 마스크를 한 여자는 꼼짝도 안 했다. 여자가 진료실에서 나왔다. 검정 털모자 아래 파마머리, 갈색 털 스웨터, 회색 털목도리, 여자는 벗어 둔 검정 패딩을 입었다.
"잠깐만요, 이름이 나지선 씨?
"……?"
 여자는 무표정하게 아주 귀찮은 듯 나를 힐긋 쳐다보았다. 아 저 얼굴, 저 코, 저 눈, 야윈 체격. 나이가 들어도 나지선이네.

"너 나지선 맞지? 오랜만이다!"
"아니 누군데 아는 척이야?"
"나 모르겠니? 고희진, 고2 때 우리 짝지도 했었잖아!"
나는 불쑥 반가움을 나타냈으나 그녀는 무심한 얼굴이다.
"수납하고 약국 가야 해."
"이렇게 만났는데 그냥 간다고, 나 진료받고 우리 커피 마시자?"
"싫어! 난 커피 안 마셔. 갈 거야."
"그럼, 저기로 가자. 너 핸드폰 번호 알려줘. 담에 만나 얘기 좀 하자."
"핸드폰 안 가져왔어."
"뭐라고? 그럼 너 폰 번호 불러줘 내가 저장할게."
"싫어. 너 뭘 믿고 내 번호 알려주냐."
"애, 무슨 말을 그렇게 하니? 몇십 년 만에 만난 친구한테"
"친구는 무슨. 생전 안 보고 살았는데. 전화할 일이 뭐가 있다고."
"너 이상하다. 꼭 그렇게 말해야 속이 시원하니?"
그때 지선의 핸드폰이 울렸다. 패딩 호주머니에서.
'계집애, 싸가지 하곤.'

"없다는 핸드폰이 거기서 나오냐? 얼른 받아라. 안 들을게."
지선이 나를 흘겨보며 천천히 패딩 호주머니에서 핸드폰을 꺼내었다. 나는 나지선 핸드폰을 보고 깜짝 놀라고 말았다. 옛날 폴더폰이 아닌가. 파파 할머니도 아니고 뜬소문에 남편이 부자이고 아들이 약사라던데. 내가 전화 받게 자리를 비켜주느라 화장실 다녀오니 지선은 진료비 수납하고 기어이 가버렸다. 계집애가 하나도 안 변했어. 내가 지선을 다시 만난 것은 일주일 뒤 그 병원에서다. 진료 먼저 받은 내가 지선을 기다렸다. 사십여 년을 은둔하고 사는 친구가 정말 궁금했다.
"얘, 우리 어디 가서 얘기나 좀 하자."
"싫어. 나는 할 말 없다. 집에 갈래."
"네 집에 늦둥이 젖먹이 있냐? 어째 차 한잔 마실 시간도 없어?"
내가 울컥 신경질을 내자 지선은 잠시 생각하더니 잠깐만 있다 가겠다면 겨우 나를 따라 나왔다. 병원 부근 가까운 카페로 들어가니 잔잔한 음악과 향긋한 커피 향에 기분이 좋아졌다. 아직 손님이 뜸한 실내 내가 포인세티아 화분이 놓여있는 햇살 좋은 창가 소파에 앉자, 지선이 실내를 둘러

보더니 안쪽 외진 자리로 갔다. 나는 아메리카노 지선은 블루베리 주스를 주문했다.

"너 동창회 가끔이라도 나와라. 친구들 얼마나 변했는지 안 보고 싶어?"

"다들 잘 살겠지. 하나도 안 궁금하다 나는."

"너도 참, 아픈 친구도 있고 슬픈 친구도 있고. 다들 너 소식 궁금해한다. 너 폰 번호 몰라 전화도 못 하잖아. 너 이 근처 사니?"

"조금 멀어, 너는 어디 사는데?"

"얘, 나한테 처음 뭘 물었어. 우리 가까이 사는구나."

"너는 옛날 그대로네. 잘 웃는 것도 똑같고."

"많이 웃어 주름살 많이 져서 이젠 덜 웃으려 한다."

"나는 세상 웃을 일이 없더라."

"뭐라고 네 남편 부자라며?"

"부자? 난 몰라. 부잔지 가난뱅인지. 나는 남편하고 말 별로 안 한다."

"뭐라고? 말을 안 하고 어떻게 사는데?"

"다 살아진다. 꼭 할 말만 하면 할 말이 없느니라."

"너는 할 말 안 할 말 구별하며 말해? 친구들 소식 묻지도 않네,"
"다들 잘 살겠지."
"졸업하고 40년. 아픈 친구도 있고 성질 급하게 먼저 간 친구도 있어. 대학교수, 한식당 사장 중국집 사장, 봉사 다니는 친구 만나면 난리란다. 친한 친구끼리는 자주 만나기도 하지. 너는 우리 기억에서 잊어버린 친구 되었어."
"나는 사람들이 제발 날 잊어주길 바라는데 잘됐네."
지선은 커다란 눈을 껌뻑이며 주스만 홀짝홀짝 마셨다. 마주 앉아 보니 세월은 예뻤던 지선이도 중년 여자로 만들어 놓았다. 지선은 말이 없었고 나는 친구들 소식 들려주었다. 그러다 우연히 지하철역에서 또 지선을 만났다. 우리는 가까운 시민공원으로 갔다. 봄꽃들이 화사하게 피어있는 공원을 거닐었다. 나는 그날 너무도 슬픈 나지선 부모님 얘기를 듣게 되었다.

땅뙈기 한 평 없는 지지리 가난한 빈농의 다섯째 아들로 태어난 아버지는 굶주리기를 밥 먹듯 하며 자랐다. 보리밥이라도 배불리 먹으면 행복이었다. 열 살 때부터 입 얻어먹는 남의 집 꼴머슴이 되어 망태기에 소 꼴을 베고 황소를 끌었다. 열여섯 살 때 부농의 지주댁 새끼 머슴이 되었고 20세가 되자 새경을 받는 머슴이 되었다. 지주 나리는 안팎 일 성실히 하는 머슴을 잘 보았는지 24살, 이웃 동네 가난한 과수 딸과 정말 냉수 한 그릇 올린 결혼식을 시켜주고 소작논을 떼주었다. 스무 마지기 논농사를 정성을 다해 소출을 많이 올리자 나리는 좋아했다. 그리고 나리는 틈만 나면 아버지를 불러 과수원일, 집안일까지 다 시켜 아버지는 허리 한번 펼 수 없었다. 나리는 순사와 면서기가 동네 오면 사랑채에서 푸짐한 음식 대접을 하였다.

 해방, 해방되고 이승만 정부에서 농지개혁을 시행하는 천지개벽이 일어났다. 소작 농지 몰수, 무상분배, 소작제도 금지 시행령으로 가난한 소작농들은 농지를 물려받았는데 아버지는 지주댁 은공을 배신할 수 없다며 스무 마지기 소작논을 분배받지도 받을 줄도 몰랐다. 은혜를 모르면 사람이 아니라고 했다. 나리는 눈물을 흘리며 고맙다고 평생 그 땅에 농사지으라고 하였다. 그러나 이듬해 나리는 소작논을 하루아침에 남몰래 팔아버렸다. 엄마는 나라에서 하는 일인데 그 땅만 받았어도 배불리 먹고 새끼들 개고생 안 시킬 것을 키우던 암소까지 뺏겼다고 아버지를 원망하였으나 아버지는 인두겁을 쓰고 그런 불손한 짓은 못 한다고 하였다.

소작논을 뺏긴 아버지는 어린 자식 둘 데리고 지리산 아래 운봉으로 갔는데 먹고 살길이 없어 지리산 화전민 초막으로 들어간 게 화근이었다. 숯만 구워 팔아도, 지천인 산채만 캐 팔아도 먹고 산다는 고향 친구 말을 듣고 들어갔는데 점점 더 깊은 지리산 골짜기로 들어갔다. 허름한 수수깡 초막에서 부부는 손이 헐도록 비탈진 돌밭을 일구어 채소를 심고 옥수수 감자를 심어 끼니를 이었다. 부부는 산자락을 오르내리며 다래 고사리 취나물 두릅 등 산채와 산도라지 더덕 하수오 칡 등 약재를 캐 모아 하동 장날, 남원 장날에 부부가 이고 지고 가 내다 팔았다. 부부는 6·25가 난 줄도 모르고 살았다. 산채를 이고 지고 남원장에 갔는데 난리가 났다며 인심이 흉흉하고 소란스러웠다. 그러나 골 깊은 지리산은 조용했다.

북쪽 공산군이 쳐내려온 전쟁이 길어지면서 조용하던 명산 지리산 깊은 골짜기에 느닷없이 공비들이 숨어들었다. 공비들은 밤이며 산 아랫마을로 내려가 돼지며 닭을 잡아가고 곡식을 털어갔다. 노인이고 젊은이고 협박하여 심부름을 시켰고 반항하면 무자비하게 죽였다. 험악한 공비들 숫자가 날로 늘어갔다. 젊은 아버지는 산비탈 감자밭에서 일하다 공비들에게 잡혀갔다. 아버지는 밤이면 마을로 내려가 공비들이 빼앗은 곡식이며 가축을 지게에 지고 날랐으며, 그들 은신처로 끌려가 나무를 패고 공비들 밥을 지었다. 공비들은 밤이며 마을로 내려와 총을 아버지 등 뒤에 겨누고 앞장세워 쌀, 보리쌀, 감자, 옥수수, 돼지, 닭 개까지 눈에 보이는 대로 털어가고 잡아갔다. 농사 밑천 암소를 끌고 나오면 주인이 소고삐 잡고 울고불고 버티면 사정없이 흉기를 휘둘렀다. 농부는 시퍼렇게 눈을 뜨고 죽었다. 지리산 아랫마을 사람들은 공비들 만행에 살던 집을 버리고 피신하였다. 지리산 아래는 경찰과 군인들이 에워싸고, 밤이면 콩 볶는 소리에 사람들은 벌벌 떨었다.

 엄마는 가끔 주먹으로 가슴을 탕탕 쳤는데 목도 꺽꺽 잠겼다. 먼저 낳은 자식 둘을 끔찍하게 잃었다. 공비들에게 붙잡힌 아버지 때문에 도망도 못 가고, 사람들이 잘 모르는 굴속에 숨어 살았는데 네 살, 두 살 어린 두 아들을 굴속 깊이 숨겨놓고 먹을 걸 구하러 남원장에 갔다 오니, 굴 입구에 청솔가지 처넣어 불 지른 흔적에 눈이 돌아갔다. 두 발과 열 손가락이 불에 데는 줄도 모르고 잔불을 헤치며 굴

속으로 들어가 보니 생떼 같은 두 아이가 시커멓게 그슬려 죽어 있었다.

"아이고! 지리산 신령님요! 천벌 받을 이 짓을 누가 했으랴? 신령님은 똑똑히 보셨지라? 이 어린것들이 무슨 죄 있다고 청솔가지 처넣어 이리 모질게 죽여요? 억울하게 죽은 우리 새끼 둘 신령님 제발 제발 거두어주소!"

엄마는 두 아이를 지리산 자락 나무 아래 묻고는 피눈물을 뿌리며 산에서 도망쳤다. 아버지는 공비들 심부름꾼 하다 국군과 공비들 싸움이 붙었을 때 도망쳤는데 누군가 공비 끄나풀 부역자라고 손가락으로 가리켜 잡혀가 죽도록 얻어맞고 갇혀있었는데, 그날 밤 민가와 지서가 불타는 사태가 벌어진 틈에 도망쳤다. 뼈만 남은 아버지 몸은 너무도 끔찍하여 옷을 찢어 상처를 묶고 절뚝절뚝 누더기 행색으로 부부가 인가를 피해 밤길을 걷고 또 걸었다. 어디든 멀리 달아나야 했다.

"우리는 너무 무서워 죽지 않으려고 총부리 앞에 코뚜레 한 송아지처럼 끌려 댕겼는데 불쌍한 어린 새끼들만 험하게 잃었으니!"

부모님은 들판의 채소와 곡식을 주워 먹으며 몇 날을 밤길 걸어 생전 낯선 곳으로 흘러들었다. 아는 사람 만날까 무서워 섬으로 숨어들었다. 부산하고도 영도, 이북 피난민이 난리 통에 많이 내려와 사는 산비탈에 움막도 없이 거적때기 하나 깔고 기거했다. 피난민들 말을 따라 이북 말을 했다. 아버지는 한 발짝도 밖에 나가지 못했다. 엄마는 임신이 되어 배 속 애를 지우려고 언덕을 구르고 간장을 마셔도 떨어지지 않았다. 결국 애를 낳아 업고 자갈치시장에서 재빠르게 장사들 일손을 도왔다, 자갈치 아지매들이 갓난애를 보고 끌끌 혀를 차며 먹을 걸 주어 허기를 면했다. 나중에 시장 귀퉁이 땅바닥에 밀가루 포대를 깔고 생선 몇 마리 놓고 장사를 하였다. 경비가 오면 포대를 끌어안고 뒷골목으로 달아나기 일쑤였지만 죽은 먹고 살았다. 엄마는 머릿수건으로 얼굴을 푹 가리고 아버지는 거적때기 움막에서 꼼짝도 못 했다. 다행히 움막에 찾아오는 사람이 없었다. 엄마는 2년 후, 1평 노점을 차지한 자갈치 아지매가 되었다. 뒤늦게 딸아이가 태어났다. 애들은 아버지가 돌봤다.

  초등학교 다닐 때, 그때는 무슨 반공교육을 왜 그리 많이 하는지 너무 무서웠어. 어쩌다 내 입에서 반공, 공산군, 빨갱이, 간첩, 말만 나와도 부모님은 질겁을 하고 내 입을 우악

스레 틀어막았어. 벌벌 떨면서 그런 말은 죽어도 입에 담는 게 아니라고, 아버지 엄마 다신 못 본다고 겁을 주었어. 나는 반공 시간만 되면 가슴이 팔딱팔딱 떨려 고개를 푹 숙이고 빨리 시간 지나기만 기다렸어. 아프다는 핑계로 조퇴도 하고 결석도 하였지. 강원도 어린아이가 '나는 공산당이 싫어요' 하다가 죽고, 간첩 사건 등, 숨도 못 쉬게 무서운 일들이 일어나 나는 학교에 못 가고 이불 뒤집어쓰고 억지로 잠만 잤는데 머리가 너무 아파 밤낮 짜증을 부렸어. 우리는 왜 애들이 방학하면 간다고 자랑하는 외갓집도 없는지 궁금했지만, 아버지 표정이 무서워 묻지도 못했어. 학교에 다녀도 나는 친구가 없었어. 아버지는 목에 칼이 들어와도 입 닫고 공부만 하라고 다그쳤어. 내내 집에 숨어 지내던 아버지가 공부 잘하는 오빠 학교 공납금 벌려고 국제시장 지게꾼이 됐는데 아버지는 얼굴 가리개 위에 떨거지 모자를 덮어쓰고 일했어.

나보다 일곱 살 많은 오빠가 육군사관학교에 입학 원서를 내었나 봐. 육사는 학비 등 전부 공짜라고 했어. 또 오빠가 육사에 가고 싶어 했어. 오빠는 시험을 잘 쳤다고 하더니 합격통지서를 받았어. 오빠 학교 교장 선생님, 담임선생님 모두가 축하해주시고 우리 집은 처음으로 웃음꽃이 피었지. 오빠는 사관학교 기숙사에 가져갈 초라한 자기 소지품을 챙기고 엄마 얼굴이 보름달처럼 둥글어지고 아버지는 "설마 꿈 아니겠지" 하며 자기 다리를 꼬집고 나는 비좁은 부엌에서 콩콩 뛰었어. 우리 집이 처음으로 행복한 날이었지. 그러나 그 합격의 기쁨도 잠시, 불합격 통지서가 날아왔어. 담임선생님이 어렵게 알아본 결과 신원조회에서 걸렸다고 하셨어. 아버지는 엉엉 피눈물을 흘리셨어.

"나 때문이여. 부역자, 나가 죽지 않고 살아있어 자식 앞길 망치는구나!"

옛날에 아버지가 지리산 공비들 앞장서 민가를 덮친 부역자라고, 굴속에 숨겨둔 어린 자식 둘이나 잃었는데. 아버지의 연좌제 덫에 걸린 오빠는 몇 날 며칠 미친 사람처럼 헤매다 태종대 자살바위에서 몸을 던져 젊은 생을 마감했어. 오빠의 책상에는 '부역자 자식은 대한민국 그 어디서도 살 수가 없다!' 공책을 찢어 갈겨 쓴 유서가 있었어. 실성하여 허깨비처럼 바닷가를 헤매던 아버지는 한 달 뒤 오빠가 죽은 태종대 자살바위에서 몸을 던졌어.

엄마 힘으로는 오빠, 아버지 시체도 못 건졌어. 우리 집은 적막강산이 되었고 나는 엄마도 죽을까 겁이 나 밤이면 생선 비린내 나는 엄마 몸을 꼭 끌어안고 자지 않고 엄마를 지켰어. 엄마는 심장이 벌렁벌렁 펄떡펄떡 뛰는 환자가 되었는데 밤새도록 불면증에 시달렸지. 밤에 내가 얼핏 잠들며 자기 가슴을 퍽퍽 때렸는데 옷 갈아입을 때 본 엄마 가슴은 온통 시퍼렇게 피멍이 들어있더라. 나는 너무 겁이나 입을 꽉 다물었지. 산동네 아이들이 벙어리라고 놀렸어. 학교에 가면 다들 행복한 얼굴이더라. 학교에서 뭐가 제일 무서웠는지 아니? 반공교육 시간이 죽기보다 싫었어. 공산당, 간첩, 빨갱이 말만 나오면 나는 덜덜 떨었고 몸이 굳어졌어. 주위에 이상한 사람 보이면 경찰에 신고하라고 하니 나는 간첩 마주칠까 무서워 결석하였어. 내 상상에 빨갱이는 머리에 뿔이 솟았고 도깨비 몸을 한 무서운 짐승으로 상상했거든, 엄마는 신신당부하였지.

"뭐든 모른다고 딱 잡아떼거라. 아버지도 오빠도 왜 죽었는지 모른다고. 누가 무슨 말을 물어도 모른다, 모른다고 해야지 아니면 엄마 죽고 너 죽는단다. 하느님! 제발 이 애라도 살아남아 지 오빠들 짧은 명 대신 오래 살게 해주십시오 하느님!"

엄마는 나 때문에 살았을 거야. 중고등학교 나는 친구들과 어울릴 수가 없었어. 친구들에게 나도 모르는 아버지 무서운 과거가 드러날까 전전긍긍하였어. 나는 입에 자물쇠를 채웠고 내 친구는 한 명도 없었어. 고2 때 짝지인 너하고도 말문을 닫았지. 한 번도 본 적 없는 빨갱이와 간첩을 죽도록 저주하며 무서운 이념에 내 인생을 저당 잡혀 벌벌 떨며 살아온 학창 시절이고 기구한 내 청춘이었어. 22살에 중매 결혼하였지. 34살 띠동갑 노총각한테. 청심환을 먹으며 펄떡펄떡 뛰는 심장병을 안고 사는 불쌍한 우리 엄마 마지막 소원을 엄마 살아생전 들어준다는 사명감에 결혼했어. 엄마는 아프면서도 죽기 전날까지 악착같이 자갈치시장에서 장사하셨지. 나 결혼시키고 우리 엄마 눈감으셨어. 지리산에 묻은 어린 두 자식, 시퍼런 바다에 수장된 오빠와 아버지를 그리워하며 내 손을 꼭 쥐고 눈 감으셨어.

"지선아 울지마라. 너 아버지 오빠들 만나러 가니 엄마는 너무 기쁘구나. 내 딸아, 너만은 전쟁 없는 세상에서 아들딸 낳고 명 길고 행복하게 잘 살아야 한다, 제발!"

엄마는 환히 웃으며 가셨어. 살던 24평 아파트를 나에게 남기고.

"지선아! 삼시 세끼 밥 꼭 챙겨 먹어라, 그래야 건강하지. 그리고 다리 뻗을 내 집은 꼭 지니고 살아야 하느니라. 옛날에 집 없는 고생 억수로 하였지."

나는 이 세상 혼자 남은 고아가 되어 어찌할 줄 몰랐어. 불쌍한 우리 엄마를 위해 할 일이 도무지 없었어, 엄마를 절에 모시고 영혼이라도 편하시라고 사십구재 올리고 부처님 전 기도드리는 것밖에 없었어. 남편은 사업이 바쁘다는 핑계로 혼절하는 나를 위로해 주지도 않아 나를 더 슬프게 하였어. 나는 결혼하여 남매를 낳아 키우면서 혹시라도 내 부모님 성분이 드러나 내 아들딸에게 나쁜 일 생길까 전전긍긍하였지. 무서운 오빠 일이 생생하였으니까. 애들 학교에는 핑계 대고 참석하지 않았고 부득이할 때는 남편 보내고. 나는 지금도 티브이에 이념 논쟁 나오면 채널 돌려버려. 남편은 가부장적인 경상도 남자였어. 남편눈에는 남의 시선 무서워하는 겁쟁이 여자에 바깥에도 못 나가는 등신에 피붙이 하나 없는 여편네라 무시하기 딱 좋은 여자였지. 남편은 자갈치시장에서 경매사로 시작해서 사업을 확장하였지. 엄마가 돌아가시기 전에 사위에게 큰돈 사업밑천을 주셨나 봐.

"남정네 사업이 잘되어야 여자가 편하지. 강서방 너 꽃방석에 앉히고 살 거여. 내 귀한 딸아! 너는 어미처럼 생고생하지 말고 편하게 살아라. 옛날 일 다 잊고 행복하게 살아라."

 남편은 냉동창고 큰 건물을 올리고 일하는 사람도 늘이고 사장님으로 불리었어. 나는 아파트가 싫어 평수 넓은 단독 이층주택에 살았어. 아들딸이 태어나고 애들이 우리는 왜 외갓집 없냐고 묻긴 하더라. 애들 학교 등록금 학원비 등 전부 남편이 처리했어. 남편은 우리 부모님 행적을 어렴풋이 눈치채고 혹여 자기 사업에 불똥이 될까 걱정되어선지 아내 데리고 바깥 모임에 일절 나가지 않았지. 어업조합, 동향 모임, 동업, 동창, 등산, 조기축구회 등 모임이 엄청 많았지만 혼자 다니더라. 여자와 같이 다닌다는 말도 들었어. 나는 입을 다물었지. 꼭 할 말만 하니 하루에 몇 마디나 할까. 한 달을 말 안 한 날도 있더라. 우리는 남편은 하숙생이고 나는 하숙집 아줌마였어. 하숙생과 하숙집 아줌마, 우린 그 이상도 이하도 아니었어. 남편은 바람도 피웠지. 나는 질투도 분노도 안 나더라. 남편에 대한 진실한 사랑이 없으니까. 그는 원래 보수주의인데 나이가 들수록 더 심해져 집에 있으면 TV 채널 종편만 보고 진보에 욕설하지. 나는 들기 싫어 밖에 나와 정원을 서성이다 내 방에 들어가 트로트 노래 듣고 드라마 본단다. 나는 정치판을 싫어해 선거도 안 하거든.

11시, 벌겋게 술 취한 하숙생이 큰 소리다. 나는 저녁 9시 넘기면 밥상 안 차려주거든. 하숙생이 밥때 맞춰 와야지. 밖에 나가 대문 잠금 확인하고 들어와 내 방으로 가는데 남편이 꽥 소리쳤다.

"야, 나 밥 안 먹었다고!"

"……."

"못 들었어? 밥상 차리래도!"

나는 남편을 한번 쏘아보곤 내 방으로 와버렸지. 우린 40대부터 각방을 썼거든.

"내가 벙어리하고 사는 것도 아니고, 사람 숨 막혀 돌아버리겠네. 저 등신, 등신! 지가 잘한 게 뭐 있다고 뻗대길 뻗대냐. 속 터져 못 살겠다 이혼하자 이혼해!"

쨍그랑! 와장창! 유리컵 사기그릇 부서지는 소리 내던지는 소리. 나는 눈도 깜짝 않지. 말 못 하게 한 게 누군데? 삼십 년이 지나도 잊히지 않는 그 목소리 쟁쟁한데.

"제발 니는 가만있거라. 그 끔찍한 밑천 드러나면 내 사업도 애들 앞길도 망치는 거 니도 알고 있제? 사업장이든 애들 일이든 일절 간섭하지 말아. 나는 간섭하는 거 딱 질색이다. 니는 그냥 밥하고 옷가지만 챙겨주면 되는 거라."

우당탕! 방문이 벌컥 열렸다. 나는 침대에 누워 꼼짝도 안 한다. 번쩍 불이 켜졌다. 나는 얼른 이불을 끌어당겨 머리끝까지 푹 뒤집어 썼다.

"일어나! 일어나란 말이야! 내일 당장 이혼하자! 여우하고는 살아도 곰하고는 못 산다 카더니 딱 맞는 말인 기라. 나가면 이쁜 여자 천지다. 편안하게 집구석에서 팡팡 노는 주제에 꼴값을 떨어? 야! 일어나 주둥이 있으면 말이나 해 봐라!"

나는 두 귀를 꽉 막고 가만히 있지. 떠들거나 말거나 밥을 먹거나 말거나, 그릇 다 부수거나 말거나, 어차피 이 집에 내가 애착하는 것 하나도 없으니까. 이튿날, 아침 콩나물국, 김치, 무김치 올리고 잡곡 하나도 안 섞인 쌀밥 고봉으로 담아 식탁에 냈어. 나는 밥도 남편과 같이 안 먹는다. 아침은 식빵과 우유 과일로 간단히 먹고, 점심은 푸짐하게 잘 먹어. 저녁은 견과류가 많이 든 영양 떡과 과일 주스를 마셔.

식탁에 앉은 남편 앞에 A4 용지 한 장 내밀었지.

이혼 조건.
이 집과 30억 내 손에 쥐여주면 이혼 도장 찍겠음.

나지선. 인장

네임펜으로 크게 쓴 용지를 읽은 남편이 픽! 하며 종이를 북 찢더라.

"기가 차서! 이 집 평수가 몇 평인지 알기나 해? 집 건사도 못할 등신 주제에. 30억이 애 이름이냐? 니가 뭔 일 했다고 30억 불러? 꿈도 야무지네."

"울 엄마 자갈치 30년 비린내 덮어쓰고 생선 팔아 번 돈, 사위 사업밑천 거금 대줘 빌딩 올렸잖아. 식모살이 35년, 40억 부를까."

"이 여편네가 집구석에 처박혀 천지 분간도 못 하지. 바깥에도 못 나가는 병신 주제에 돈타령하고 있네. 그래 돈 있으면 얻다 쓸 건데 들어나 보자."

"별걱정 다하네. 나지선도 백화점 명품 가방, 명품 옷 사서 쫙 빼입고 돌아다닐 거야. 죽기 전에 좋은 일도 좀 하고,

이젠 여행도 다니고 친구들이 부르네! 후후"

"놀고 자빠졌네. 우리 개새끼 백구가 웃겠다!"

"웃으라지. 간만에 속 시원해서 나도 웃겠다 호호호."

　마당으로 나왔다. 아침 하늘이 청명하다. 묵은 감나무 가지에 걸려있는 초승달이 예쁘다. 누군가와 이야기하고 싶었다. 폰 번호를 눌렀다.

"엄마가 웬일이에요? 아침에 전화를 다 하고?"

"하늘에 예쁜 초승달 나왔어. 한번 보라고."

"지금 수업 들어가는데 무슨 초승달 얘기? 엄마는 딸한테 그렇게 할 말이 없수?"

"할 말…?

"내 주위 선생님들은 엄마하고 백화점도 가고 여행도 가고. 엄마 이젠 엄마를 위한 인생을 사시라고요. 이번 여름방학 때 우리 여행가요 약속!"

"여행, 어디로?"

　전화가 뚝 끊어졌다. 아들 생각이 났다.

"잘 있냐? 약국 바쁘냐?"

"어머니, 무슨 일 있어요?"

"아니, 그냥 해봤다. 별일 없지?"

"저야 뭐. 저기 티켓 드릴게요, 아버지 시간 맞춰 여행 한 번 다녀오세요."
"여행? 네 아버지랑? 싫다. 살던 대로 살란다."
"문화원 가서 다른 취미도 알아보시고 영양제랑 챙겨가세요. 어서 오세요!"
"손님 왔냐. 담에 들를게."
우리는 조심스레 대웅전 법당으로 들어갔다. 그리고 나란히 서서 불단의 부처님을 향해 인사를 올렸다. 넓은 법당에는 영가 전을 향해 미동도 없이 앉아 있는 지선이 혼자였다. 벌써 제사상이 차려져 있었다. 좌우에 굵은 촛불이 켜있고 가느다란 향불이 타고 있었다. 제상에는 배, 사과 등 과일과 메밥 5그릇과 나물 탕 그리고 작은 찻잔 5개가 앞줄에 놓여있었다. 그리고 다섯 개의 위폐도 보였다. 아버지, 엄마, 오빠, 그리고 지리산 동굴에서 죽었다는 어린 오빠 둘 다섯이구나.
"나지선 우리 왔어."
"너희 뭔 구경났어? 여긴 왜 왔는데?"
지선이 입을 삐쭉이며 성질을 내었다. 나영이 국화꽃다발을 조심스레 제상에 올렸다. 풍성한 흰 국화꽃이 유난히 환하게 돋보였다. 지수, 유경, 나영과 나는 제상 앞에서 지선 부모님께 인사를 드렸다. 지선은 검정 정장 차림이었다
"너희들 왜 이래? 내가 확 돌겠네."
이때 문이 열리고 검정 양복 차림의 조금 비만한 남자가 법당에 들어왔다. 지선이 놀란 듯 손으로 입을 가렸다.
"당신이 어떻게…?"
"그간 장인 장모님 제사 참석 못 해 미안하구려. 친구분들 오셨구려."
우리는 선 자리에서 지선 남편을 향해 묵례하였고 그도 인사하였다.
가사 장삼 차림 스님 두 분이 들어오셨다. 지선이 후다닥 일어났다.
"오! 손님 많이 오셨네요. 보살님 오늘은 울지 않아도 되겠소이다."
"스님! 제 친구들이 왔어요."
"자, 부처님 전 천수경 올리고 영가 제사 지냅시다."
지선이 재빨리 회색 방석을 남편과 우리 앞에 가져다주고 두꺼운 기도 독송 집을 앞앞이 펴주었다. 법당 시계가 10시 30분. 모두 부처님 전 향해 두 손을 합장하였다.

정구업진언

수리수리 마하수리 수수리 사바하

오방내외안위제신진언

나무 사만다 못다남 옴 도로 도로 지미 사바하….

음성 좋은 스님 염불이 법당을 돌아 삼층석탑 잔디마당으로 퍼져나갔다. 바람에 풍경이 울었다. 지선은 큰소리로 천수경을 따라 읊기 시작했다. 영가 전 제사를 지낼 때 나 지선 부부는 각각 흰 봉투를 제상에 올렸다. 스님이 영가 이름을 차례로 부를 때 지선은 기어이 통곡하고 말았다. 나란히 앞자리에 앉은 지선 남편이 호주머니 손수건을 꺼내 아내 손에 주었으나 지선은 손수건을 던져버렸다.

"엄마! 아버지! 오빠들! 내 친구들 왔어요! 저기 저 흰 국화꽃 예쁘지!"

지선의 젖은 음성에 우리도 뜨거운 눈물을 흘리고 말았다.

어느 날 6살 손주가 뜨거운 찻물에 다리를 데어 속상해 죽겠다는 친정 언니의 전화를 받고 북구 화상 전문병원을 찾았다. 하나뿐인 손주이기에 언니의 사랑이 각별했던 꼬맹이가 왼쪽 다리와 발까지 둥둥 붕대를 감고 있었다. 얼마나 아팠을까. 아이 엄마와 할머니는 연신 눈물을 찍었다. 아이가 갑갑한지 칭얼대어 휠체어에 태워 복도에 나가 할머니가 슬슬 밀어주니 아이는 기분이 좋아 보였다.

행정실 앞에서 지선을 보았다. 양복 입은 직원이 깍듯이 인사하고 있었다.

"여사님 감사합니다. 여사님 덕택에 형편 어려운 환우들이 큰 도움을 받습니다!"

"아닙니다. 그만 들어가세요. 저 갑니다. 그럼 계세요."

손사래 치며 서둘러 나가는 지선을 붙들었다. 바른말 하라고 다그쳤다.

"병원 부원장님이서. 오래전에 내가 실수로 왼팔을 물에 데여 여기 입원했었어. 그때 입원환자들 보니 정말 딱한 사람들 많더라고. 전기에 두 손을 잃은 젊은이, 식탁 위의 라면 냄비 폭삭 덮어쓴 돌잡이 아기. 화재에 전신화상 입은 젊은 여자. 충격을 받았어. 화상은 입원 치료가 오래가고 외제 약값이 좀 비싸거든. 가정환경 어려운 환자 도와주는 조건으로 기부 시작했어. 큰돈은 아니지만 계속하고 있어. 친구들한테 비밀이야 부탁해. 희진아 나 요즘 가슴도 덜 아프고 잠도 잘 자고 그래. 무슨 바람이 불었는지 우리 남편이 이번에 큰돈을 기부했더라."

　검정 바지에 체크무늬 블라우스 입은 지선이 밝게 웃으며 엘리베이터로 걸어갔다.

기수역汽水域에 남은 사람들

반질반질한 가마솥 아궁이에 장작불이 활활 타고 있었다. 이글이글 벌겋게 불꽃이 일어나는 가마솥 앞에서 걸음을 멈추었다. 주인은 보이지 않고 불이 나무 끝으로 타 내려오고 있다. 나는 장작더미 옆에 있는 작은 푸른색 플라스틱 의자를 끌어다 앉았다. 그리고 기다란 부지깽이로 아궁이 입구 장작불을 안으로 밀어 넣었다. 다 탄 나무들은 벌겋게 숯으로 변해갔다. 고깃집에 나오는 숯불보다 훨씬 강렬한 화력이다. 지금 이 숯불 위에 불판을 올리고 구이용 소고기나 두툼한 삼겹살을 올리면 얼마나 맛있게 구워질까. 깻잎 상추에 파무침 얹어 쌈장에 싸 먹으면, 사르르 입에 침이 고인다. 꿀꺽 침을 삼켰다. 이게 얼마 만인가. 그렇게도 육류 음식을 거부하던 내 위장이 아니던가. 나는 놀라 숯불 앞에서 벌떡 일어났다.

솥에 물이 끓는지 김이 펄펄 나기 시작했다. 순간 그녀가

잽싸게 나타났다.

 그녀는 마른행주로 솥뚜껑의 불티를 털며 쓱쓱 훔치고는 두꺼운 행주로 솥뚜껑 중앙 손잡이를 잡아 오른쪽 부뚜막 빨간 벽돌 위로 제쳤다. 그리곤 물이 설설 끓고 있는 솥 안으로 대소쿠리 수북하게 가져온 반질반질한 민물조개 재첩을 툭툭 털어 넣고는 기다란 나무 주걱으로 두어 번 휘휘 젓고는 솥뚜껑을 끌어다 덮었다. 가마솥에서 이내 하얀 김이 풀풀 나기 시작했는데 그 내음은 향긋하기도 하고 약간 비릿한 갯바람 냄새가 났는데 이젠 익숙해졌다. 그녀는 부지깽이로 아궁이 불길을 모두고는 머릿수건을 벗어 옷에 묻은 불티를 탈탈 털다 나를 보곤 피식 웃었다. 쉰 안팎으로 보이는 그녀는 조금 긴 웨이브 머리를 뒤통수로 틀어 올려 큰 머리핀을 꽂았는데, 간혹 외출할 때는 머리를 풀어 목덜미까지 오는 숱 많은 검은 머리가 출렁거렸다, 진보라색 블라우스, 긴 검정 치마 위에 동백꽃 무늬 앞치마를 두른 아주머니는 고개를 빼 저쪽 강변길을 살피며 중얼거렸다.

 "우리 선생님 아직 산책 안 나오셨나? 서울댁, 이 냄새 참 좋지?"

 "이제는 재첩국 냄새가 향긋하게 당겨요."

"그럼 그럼. 서울댁도 시나브로 우리 강변 사람 닮아가네. 오늘도 재첩 많이 넣어 진국인데 우리 선생님 새들 보러 나오시겠지."

그녀는 커다란 스텐 국자를 오른손에 들고 강변길 아래위를 살폈다.

"아직 안 나오셨나. 서울댁은 오늘도 둘레길 산책하려고?"

나는 나를 서울댁이라 부르는 그녀를 향해 약간 미소를 짓고는 앞뒤 담장도 없는 〈낙동강 재첩국〉 식당을 벗어났다. 오늘도 아침은 재첩국이 될 것이다. 푸르스름 푸른 물빛이 살짝 비치는 뽀얀 국물에 재첩 알갱이가 듬뿍 들어있고 초록색 부추가 고명으로 얹혀 나오는 국이다. 아주머니는 구태여 재첩국에 대해서 긴 설명하지 않았다. 식당에 외지에서 온 뜨내기손님이 재첩국 어디가 좋으냐고 물으면

"재첩국 설명할 게 뭐 있노. 술 먹고 재첩국 먹으면 속이 다 시원하지."

나는 이제 얼굴을 스치는 이곳 낙동강 짭조름한 갯바람에도 익숙해지고 빈혈과 피로회복 해장에 좋다는 재첩국 맛에도 길들였다. 보폭을 빨리하며 강가 둘레길을 걸었다. 강바람에 머리카락이 휘날려 얼굴을 가렸다. 시퍼렇게 쭉쭉

뻗은 파밭을 지나며 맵싸하고 칼칼한 대파 냄새가 코로 들어와 가슴속을 휘휘 휘돌아 나오면 막혔던 체기가 뻥 뚫린다. 소고기 돼지고기 생각하다니 내가 어떻게…? 시간이 흘렀는가. 그토록 붉은 낙인처럼 뼛속 깊이 콱 찍혔던 그 일이 잊혀가는가. 아니 끔찍한 참상의 기억에서 멀어지려 내 몸이 몸부림치는 것일까? 청년이 고개를 까딱하며 내 곁을 휙 지나 뛰어갔다. 나와 같은 재첩국 식당 하숙생이다. 끼니 때면 식당에서 자주 마주치는 얼굴로 아침저녁 강변길을 펄펄 뛰는 청년이다. 그도 나도 말을 걸지 않았는데 하나도 불편하지 않았다. 알은체하고 자꾸 말을 걸었으면 귀찮았을 것이다. 청년은 조깅복 두 벌을 번갈아 입었는데 나이키와 아디다스 운동복으로 검은색과 진회색이다. 어쩌다 외출할 때는 청바지에 흰색이나 검정 후드 티에 점퍼를 걸치고 야구모자를 쓰고 나갔다. 그도 나처럼 언제나 무표정한 얼굴이다. 나는 오늘도 검은색 츄리닝 차림이다.

"기수역 지킴이 우리 선생님은 낙동강 시인이시고 낙동강 파수꾼이시지. 여긴 철새도래지라 사철 강에서 노는 새들과 겨울이면 하늘이 꺼멓게 날아오는 철새들 챙기고 갯벌 생태를 보전하려 심혈을 기울이시는 분이니까."

재첩국 식당에 가면 손은 재바르게 식사 준비를 하면서 조곤조곤 들려주는 아주머니 이야기다. 아주머니 목소리가 오늘따라 조금 높았다. 처음 아주머니를 만났을 때 자신을 아지매로 불러달라고 했다. 나는 아지매가 입에 붙지 않아 아주머니로 불렀다. 마음 내키면 〈낙동강 재첩국〉 가게 이름을 줄여 낙동 아주머니로 불렀다.

"그분은 낙동강 환경 지킴이로 활동하시는 낙동강 시인이시군요."

"하모. 우리 선생님은 낙동강 시를 오백 수도 넘게 지으신 시인이시지. 철새 구경 오는 사람들 우리 선생님 이름 대면 모르는 사람이 없거든. 시집도 많이 내시고. 저 아래 갈대 군락지에 봄가을이면 멋진 시화전도 열렸는데."

"시가 오백 수요? 대단하신 분이네요. 시화전요?"

"저기 갈대꽃 많이 피는 곳에 시화전 있었지. 우리 선생님 시화는 몇 개나 걸렸거든. 낙동강 천삼백 리 흘러 내려온 강물이 강서 하구를 돌아 천천히 몸을 푸는 곳이여. 이곳 기수역 저녁노을은 하늘도 바다도 금빛이 되어 갈대숲 사이로 조각배를 탄 연인들 얼굴이 석양에 발갛게 물들어가던 곳이지."

"갈대숲, 조각배, 낙조, 연인 아 낭만적이군요."
"하모. 여긴 이쁜 섬이니까. 옛날부터 전해오는 말로 남녀가 배를 타고 이곳을 다녀가면 사랑이 이루어진다는 전설이 있었지. 여긴 온갖 새들의 터전으로 갈대숲에 개개비도 살고 줄지어 하늘을 나는 새들의 군무는 얼마나 멋진지 몰라. 저 너른 하늘에 꼭 줄지어 날아가고 날아오니 신기하지. 겨울이며 시베리아 철새가 찾아온다니까."
그 뒤 내가 갈대군락지 시화전을 찾아갔을 때 시화는 없었다. 벌써 철거가 되어 나무 받침대들과 흰 플라스틱 조각들이 설렁하게 땅바닥에 뒹굴고 있었다. 철거가 시작된 이곳은 마을 전체가 을씨년스러웠다. 기다란 청색 슬레이트 지붕의 재첩국 식당을 나서면 마을에는 사람들이 이사 가면서 버리고 간 낡은 세간들이 여기저기 보기 싫게 쌓여있었다. 오래된 나무 장롱이며 크고 작은 장독들, 둥근 나무 밥상, 다리 부러진 책상과 조잡한 의자, 낡은 플라스틱 그릇들과 녹슨 농기구들이 뒹굴었다. 그러나 북을 높게 돋운 모래밭의 대파들은 날마다 쑥쑥 자라고 있었다. 아주머니는 밭에서 싱싱한 대파, 쪽파, 부추, 시금치를 매일 쓸 만치 뽑아왔다.

강가에 노는 새들과 하늘을 나는 새들, 개펄에 사는 어패류의 이름을 핸드폰 검색으로 찾았다. 하얀 날개를 펴고 훨훨 나는 우아한 자태의 큰고니, 재두루미, 넓적부리 도요새, 물닭, 가마우지, 짝지어 다니는 청둥오리가 많았다. 물이 빠진 습지에는 기러기, 오리, 괭이갈매기들이 재바르게 먹이를 찾아 돌아다녔다. 새들만 있으랴. 사람이 떠나고 버려진 땅에 식물은 저절로 자랐다. 하얀 개망초는 어디서나 꽃피고 철없이 피는 코스모스, 쑥부쟁이, 아침이면 눈길을 끄는 노란 달맞이꽃. 돼지감자꽃이 예뻐 눈길을 주었는데 아주머니가 차로 끓여 주는 뿌리는 생강처럼 울퉁불퉁 생뚱맞았다. 홀로 핀 들꽃에 눈길이 갔다. 강물에 발 담근 갈대를 타고 다니는 작은 게가 많았다. 아주머니는 때론 밤에 등불을 켜고 나갔는데 고무통 가득 갈게를 잡아 튀김으로 식탁에 올리고 게장을 만들기도 했다. 수염이 긴 새우도 잡았는데 플라스틱 통은 내가 들고 왔다. 물이 빠진 질척질척한 갯벌에는 온갖 생명이 꿈틀거리고 농부가 뽑아 던져놓아도 다시 살아나는 끈질긴 잡초는 어디서나 성했다.

"저기 하단에서 여기 을숙도까지 하굿둑 놓는다고 난리여. 바닷물 물막이 공사가 억수로 큰 공사인 기라. 밀물 때

짠물이 삼랑진 수산까지 올라가 농사 망친다고 수문 만들어 바닷물을 여닫고 한다네. 뱃길 막아 버스 자가용 댕기고 사람들 댕기면 고기잡이배들은 고기 못 잡지. 벌써 뱃사람들은 생계를 위해 떠나갔어. 재첩도 다 잡았어."

철거반 아저씨들 점심과 오전 오후 새참 해주고 나면 틈틈이 강에 나가 조개며 새우를 잡는 아주머니도 저녁이면 한가했다. 별빛 쏟아지는 마당 평상에 내가 나가면 둘, 기동만이 나오면 셋, 중장비 기사가 놀러 오기도 했다. 큰 별똥별이 사선을 긋고 지나갔다. 옛날이면 손뼉을 치고 환호성을 질렀을 나 하연주인데 눈길만 별똥별을 따라갔다.

낙동 아주머니 조곤조곤한 음성이 밤하늘 별빛 속으로 스며들었다.

낙동강 하구 이곳은 서낙동강 하구까지 1300리 먼 길 흘러온 강물이 잠시 머물다 바닷물을 만나 먼바다로 떠나는 기수역이지. 그래서 기수역에는 바닷물고기 민물고기가 모여들어 생태계가 발달하였거든. 이곳 을숙도는 낙동강 하구로 흘러온 퇴적물과 모래톱이 쌓이고 쌓이면서 모래땅이 넓어지고 자연 습지가 늘어나 새들과 다양한 생물들이 모여 사는 이곳에 철새들도 찾아오고 갈 곳 없는 사람들도 찾아와 더불어 살기 시작했지. 고기 잡고 재첩도 잡고 농사를 지었지. 낙동강 하구에는 지금도 작은 모래섬들이 생겨나 곤 하지.

우리 집은 본디 마을 전체가 염전 생산으로 유명한 곳인데 우리 할아버지가 자염 기술자셨어. 자염은 바닷물을 끓여서 만드는 소금으로 그 과정이 너무 힘들었지만, 소금이 귀한 시절이라 소금 팔아 다들 살기가 좋았대. 마을 사람들은 소금을 싣고 안동까지 소금 배가 다녔는데 소금을 팔아 돈도 사고 필요한 것도 사 오고 하였는데. 어느 해 추석 대목, 먼 길 떠난 소금 배가 태풍을 만나 동네 어른들이 한꺼번에 강물에 수장되는 큰 사고를 당했지. 해마다 같은 날 집집이 제사가 들어 동네가 울음바다가 되곤 하였지. 자염 기술자 할아버지가 돌아가시자 병약한 우리 아버지는 일반 소금도 만들지 못해 생계가 어려워지자 염전 동네를 떠나 떠돌다 결국 이 섬에 들어와 허름한 집을 짓고 가족을 데려와 살았어. 아버지는 소금은 못 만들고 기수역에서 고기는 잘 잡았어. 조그만 배로 장어를 잘 잡았거든. 그러나 우리는 민물장어 맛도 못 봤어. 전부 일본에 수출하여 돈 벌어야 하니까. 봄에는 재첩, 붕어, 메기를 잡고 여름 장마 때면

장정 다리보다 굵은 잉어들이 강물 따라 내려와 수로에서 잡혔지. 빛깔이 누런 황금 잉어는 노란 비늘이 조가비 구름처럼 얼마나 아름다웠는지 몰라. 구시월 가을이면 집 나간 며느리도 돌아온다는 횟감 전어가 많이 잡히고. 조기 도다리 가물치 등 잡은 고기는 엄마가 다라이 머리에 이고 구포장 가서 팔아 우리 칠 남매 학비 대고 먹고살았지. 가을이면 식구들 모두 강가로 나가 갈품¹⁾을 뽑아 그늘에 곱게 말려 빗자루 만들어 시장에 내다 팔고 모래땅에 애들 키처럼 쑥쑥 잘 크는 파밭 농사도 짓고,

 그러나 여름이면 해마다 장마가 들어 방이고 부엌이고 물이 들어 축축하여 앉을 때도 누울 때도 없는 형편에 고기 잘 잡던 아버지가 위암으로 돌아가시고 나니 살길이 막막한 우리 형제들은 뿔뿔이 헤어졌지. 나도 결혼하여 이곳을 떠났지. 우리 엄마 혼자 남아 재첩국 장사를 하였는데 병이 들어 아픈 엄마 돌보던 내가 주저앉게 되었어. 우리 애들은 복작복작한 도시에 뿌리내리고 살더라. 이곳은 기름진 땅이라 대파로 소문이 나 커다란 트럭에 실려 농산물 센터로

---

1) 꽃이 채 피지 아니한 갈대의 이삭

갔어. 무, 배추 등 작물도 풍성하여 정말 살기 좋았는데 기수역에 다리 놓는다고 강제 철거가 시작되었어. 여긴 개인 땅이 아니니까 어쩔 거여. 생업 터전이라 농성하며 철거 반대하던 주민들도 결국 다 떠나고 이제 한 집 남았어. 철거 시한이 얼마 안 남아 나도 떠나야 해. 애들은 고생 그만하고 저들 사는데 오라고 하지만 나는….

주인이 떠난 빈집 대문은 밤낮없이 지쳐있고 초라한 마루에는 먼지만 쌓였다. 감나무는 심심한지 익지 않은 풋감을 툭툭 던지고 작은 방 낡은 컴퓨터에서 게임 놀이가 한창인데 식탁에는 김치찌개가 식어갔다. 마당의 달맞이꽃 철없이 웃고 있는데 빨랫줄에 앉은 까치를 보고 버려진 검둥이가 컹컹 짖으며 새끼 줄줄 데리고 쫓아 나왔다. 여인들이 고기잡이 나간 남편과 아들, 만선에 무사히 돌아오라고 빌며 치성드리던 당산나무 가지에는 여전히 흰 천이 나부끼고 발치에 차려진 떡과 흰쌀이 말라가고 있었다. 잠도 안 깬 새벽부터 철거반 중장비들이 와장창 와장창 때려 부수고 있었다.

새들은 강물 위를 낮게 날면서 부리로 고기를 기막히게 잘 잡았다. 고기들이 펄쩍펄쩍 물 위로 점프하며 비호같이 낚아채 갔다. 은빛 전어들도 점프하다 그대로 새들 입에 들어갔다. 비단 치마처럼 부드럽게 펼쳐지는 아침 햇살을 가끔 안개가 강변을 감쪽같이 감추노라면 이윽고 기수역 강바람이 나타나 안개를 슬슬 거두어 갔다. 윤슬에 반짝이는 아름다운 강물 위로 점프를 즐기는 고기들을 나는 묵묵히 바라본다. 새들은 썰물에 갯벌이 드러나며 덤벙덤벙 달아나는 물고기와 갯벌 속에 숨어있는 조개와 갯지렁이, 갈대에 숨는 게들을 기다란 부리로 잘도 잡아먹었다. 나는 티브이에서 본 세렝게티 약육강식과 초원의 먹이사슬이 떠올랐다.

"같이 마셔도 될까요?"

탁자 앞에 선 남자, 나는 그를 향해 고개를 까딱하며 앉아도 된다는 허락을 하였다. 나는 캔맥주 1개를 그의 앞으로 밀었다. 새우깡도. 그는 검은색 츄리닝 위에 회색 후드재킷을 걸쳤다. 그도 나도 말없이 캔맥주를 마셨다. 그는 새우깡을 바삭바삭 씹었다. 감정 없는 그의 얼굴에 미묘한 흔들림이 지나갔다. 기동민, 아주머니는 그를 총각이라고 불렀다. 아주머니는 젊은이는 총각, 나이 든 남자는 아재, 나이 많으면 어르신으로 통일하여 불렀다.

"새벽 조깅 하던데 잠 못 자는지요?"

"그쪽도 마찬가지 아닌가요?"

"아 저는 밀린 3년 치 잠자느라고요."

백열등 아래 보이는 그의 얼굴이 쓸쓸하게 보였다. 캔맥주를 훌쩍 마신 그는 식당 음료 냉장고에서 캔맥주 4개와 새우깡을 들고 왔다. 우리는 자연스레 원샷! 하며 캔맥주 건배를 하고 웃었다. 그는 세 번째 임용고시에 떨어졌다고 덤덤하게 말했다. 사범대학을 졸업하고 첫 교사임용시험을 칠 때 정말 자신만만했다. 그러나 첫 시험에서 낙방의 고배를 마셨다. 왜 내가 떨어져? 분노와 오기가 하늘을 찔렀다. 그러나 임용고시 세 번 떨어지자 정신적 한계를 느꼈다. 도서관 길이 지긋지긋하고 걸레처럼 너덜너덜해진 자신의 영혼이 너무 애처롭고 슬펐다. 생활비 잡비를 날짜 한번 미루지 않고 보내주신 부모님께 다시는 임용고시 치지 않겠다고 대못을 박았다. 자신도 모르게 친구나 동기들과도 대화의 창이 단절되었고, 시력까지 나빠진 채 좁은 고시원을 미련 없이 털고 나왔다. 천삼백 리 먼 길을 흘러 흘러 내려온 강물이 짙푸른 바닷물과 천천히 몸을 섞는 기수역에서, 넓은 창공을 자유롭게 비행하는 새들과 물 위를 첨벙첨벙 뛰노는 물고기들을 보며 한없이 짓눌렸던 가슴이 풀어진다고

기수역汽水域에 남은 사람들

했다.

"학원 강사를 하든 건설 현장 막노동하든 코피 터지게 일할 겁니다. 청춘 말려 죽이기는 그만하려고요."

"진심으로 새 출발 축하해요! 새파랗게 젊은데 무슨 꿈을 못 꾸겠어요."

우리는 다시 캔맥주 건배를 하고 손을 내밀어 굳은 악수를 했다.

아 나도 새 출발을 하긴 해야겠지. 어이없게 빗나간 내 인생을 위해 건배를!

철거반 아저씨들 점심 식사와 오후 잔치국수 새참이 끝나면 아주머니 식당은 한가했다. 아주머니는 파밭 두렁에서 나물을 캐고 갈대숲에서 작은 갈게를 잡았다.

어둑어둑한 샛강을 걷고 있는데 누가 내 어깨에 손을 얹었다. 놀라 돌아봤다.

"앗 오빠! 오빠가 어떻게?"

"하연주 놀랐지? 네가 너무 보고 싶어 왔어!"

주위가 어둑한지라 얼굴은 뚜렷이 보이지는 않으나 그의 매력적인 저음 목소리다. 그는 내 손을 잡았다. 나도 그의 손을 꼭 잡았다. 순간 그의 손이 너무 차가웠다.

"보고 싶었어!"
"나도. 오빠 손이 왜 이리 차가워?"
"그래? 여기까지 달려왔으니 차갑겠지."
남편은 검은색 야상점퍼를 입고 있었다. 남편이 즐겨 입었던 옷이다.
"하연주, 우리 아기 잘 크고 있지?"
"아기? 우리 아기?"
"이제 몇 개월이지? 많이 자랐겠지?"
"아기? 아기 없어! 잃었잖아. 그때 잃었잖아!"
나는 비통하게 소리쳤다.
"아 그랬어. 난 몰랐어. 내 마음이 너무 슬프네. 하연주 담에 올게."
그는 느릿느릿 어둠 속으로 사라져갔다.
"오빠 그냥 가면 어떡해? 내 말 듣고 가야지!"
나는 강변길에 털썩 주저앉았다. 지독한 고통이 또다시 내 가슴을 후벼팠다.
남편도 지키지 못하고 아기도 지키지 못하고 나는, 나 혼자만 살았어!
다음 날 기동민이 울산 장생포 고래바다 여행선을 제안했다. 전부터 시험만 끝나면 꼭 한번 가고 싶은 버킷리스트 1호라고 했다. 여행! 작은 설렘이 32살 내 가슴을 파고들었다. 그래 떠나자. 고래 찾아 떠나자. 주검처럼 시퍼런 고래바다로 가보자. 고래바다 여행선에서 정말 재수 좋아야 만난다는 고래 떼! 동남아 여행지에서 본 돌고래 쇼 말고 망망대해 바다에서 떼거리로 몰려다니며 펄쩍펄쩍 뛰는 커다란 고래를 운 좋게 만난다면 나는 즐거울까? 즐거운 마음일까. 갑자기 고래를 만난다는 기대로 내 심장이 툭툭 뛰고 가슴이 부풀었다. 이래도 되는 걸까? 이런 기분 얼마 만인가. 아 나에겐 이런 설렘과 감동이 필요해. 내일 당장 예약하겠다고 말하는 기동인 얼굴에도 달뜬 풋풋함이 살아났다. 옆에서 듣고 있던 낙동 아주머니가 긴 한숨을 내쉬었다.

"좋을 때여. 어디를 못 갈까 날아서라도 가야지."

보름 뒤, 울산 고래 바다 여행선 타는 날을 기동민도 나도 초등학교 소풍날처럼 들떠서 손가락을 꼽으며 하루하루를 기다리는 심사가 되었다.

기동민이 떠났다. 그는 아주 기분 좋게 웃으며 홀홀히 기수역을 떠났다. 그는 나에게 평생 잊지 못할 바다 돌고래쇼 추억을 안겨주고 떠난 남자다. 나는 괜히 배알이 나고 심통이 났다. 나는 아직 여길 못 떠나고 있는데. 그래도 그가 재첩국집 떠나기 전날 나는 이별 케이크와 맥주 양념치킨을 준비하여 그의 새출발을 축하했다.

"학원 강사로요. 가슴이 두근거려요. 코피 터지게 일하고 싶어요. 다시는 초조하게 달력이나 세며 숨죽이고 살고 싶지 않아요!"

나는 그의 앞날을 진심으로 축하해주었다. 그럼 젊은이는 세상의 큰 바다에 뛰어들어 고래처럼 놀아야지.

버려진 땅에 코스모스는 철없이 피어나고, 달맞이꽃은 방긋 웃고 해바라기는 활짝 웃었다. 알몸의 배롱나무는 가지 끝에 꼬투리를 달아 새빨간 꽃이 계속 피어나니 백일홍 이름이 무색했다. 이르게 단풍 든 벚나무 잎이 소리도 없이 떨어지는 계절, 손금 사이로 바람이 지나가고 나뭇잎 구르는 바스락 소리가 귓가에 들렸다. 시베리아 철새가 이곳 철새도래지를 찾아오던 날 남편이 찾아왔다. 그의 생일에 내가 백화점에서 선물한 엉덩이까지 오는 검은색 패딩을 입고 었다. 서울은 벌써 추운가?

"하연주 넌 외롭지 않니? 난 너무 외로운데."

남편은 내 손을 꼭 잡았다. 따뜻한 온기라곤 없는 차디

찬 손.

"하연주 손이 왜 이리 차갑지? 찬물에 담갔던 손 같네."

"내 손만 찰까, 내 심장은 꽁꽁 얼었는데 뭘."

그는 멈춰서서 찬 손으로 내 얼굴을 감싸더니 왈칵 나를 끌어안았다. 가슴이 터지도록 끌어안았다. 나는 숨이 막히고 가슴이 너무 시려 그를 밀어냈다.

"하연주 보고 싶었어. 네가 너무 그리워 우리 아파트에 가 보면 당신은 없고 우편함에 관리비며 각종 청구서만 쌓여있더라. 입이 열 개라도 할 말이 없어. 그동안 홀로서기 시도했지만 역시 실패야. 난 아직도 길 잃고 헤매고 있거든."

그의 목소리가 여름날 빗물처럼 축축하게 젖어 있다.

"헤매고 있다고, 오빠가 왜 헤매고 있는데? 내가 헤매고 있잖아."

마음과는 달리 억지투정이 나왔다. 빠른 걸음으로 그의 뒤를 바짝 따랐다.

"오빠 잠깐만. 나도 할 말이 있단 말이야."

남편과의 거리가 더 멀어졌다. 빙글빙글 내 머릿속이 어지러웠다.

"회사에 병가를 내고 무작정 내려왔어. 내 마음은 아직

혼돈이야. 나는 밤마다 무서운 꿈을 꾼다고. 내가 도로를 달리는데 갑자기 중앙선을 넘은 음주운전 차가 내게로 달려오는 거야. 너무 놀라 악! 비명을 질러도 그 차는 가속이 붙어 내게로 돌진하는 거야. 안 돼! 안돼! 소리를 지르다 괴물 같은 차가 쾅! 하고 부딪치는 순간 선잠에서 깨어나. 난 잠들기가 무서워 죽겠어."

을숙도 고랑 긴 밭의 그 많던 대파들이 나날이 뽑혀 이젠 얼마 남지 않았다. 뽑힌 대파들은 흙을 털고 파란 비닐에 가득가득 담겨 트럭에 실려 떠난 자리에 검실검실한 흙만 남았다. 나는 맵고 알싸한 대파 내음에도 길들어져 식당에서 빨간 코팅 장갑을 끼고 손가락 베일 듯 피둥피둥한 대파를 다듬었다. 코가 맵고 목이 간지러워 캑캑 기침하면 아주머니는 쿡쿡 웃으면서 파단 묶음을 툭툭 던져주었다.

"서울댁도 이렇게 몇 달만 더 살면 촌 여자 되겠네."

"촌 여자 하게 여기 살까요? 아름답게 지는 노을풍경 보며."

"딴소리 말고 얼른 몸이나 추슬러 서울 가라고. 나도 곧 떠날 텐데 뭐."

나를 흘겨보는 아주머니 목소리에 힘이 빠졌다. 시인님 안 오셨나?

오늘도 가마솥에는 장작불이 이글이글 타고 향긋한 재첩국 내음이 사방에 퍼졌다. 아주머니는 장작불을 모두고 일어나 고개를 빼고 강변길을 내다본다.

"시인님 기다리세요?"

"아니, 선생님 다녀가셨어. 몸살감기 나셨대."

"만약 그 시인님 안 오시면 내내 기다리실 거예요?"

"쯧쯧 말도 안 되는 소리. 우리 선생님은 천상 낙동강 시인이시여. 한평생 낙동강 시를 짓고 읊는 고결한 분이시구먼."

"다른 시인 시도 좋아하세요?"

"난 다른 사람 시는 몰라."

아궁이 불길은 시름시름 잦아들고 그녀는 낡은 의자에서 지그시 눈을 감았다.

"지금 선생님이 낭송하시는 시가 들려오네!"

"아, 나도 들려요. 멋진 낭송가시군요!"

나는 아주 낮은 목소리로 소곤거렸다.

"그러나 시인도 이곳을 너무 적적한 이곳 기수역을 떠나지 않을까요?"

아주머니가 눈을 번쩍 떴다.

"아니래도. 사람들 다 떠나고 대파가 다 뽑혀 나가도 선생님은 마지막까지 이곳에 남으실 시인이시지. 낙동강 시를 짓고 낙동강을 노래하기 위해."

아, 당신은 시인을, 낙동강 시인을 사모하시는군요!

"여기 다 철거하는 연말에 어디로요? 자녀들 사는 도시로 갈 건가요?"

"아파트는 갑갑해서 싫어. 난 거기로 갈 거야. 봄날에 꽃잎이 비처럼 나비처럼 날리는 둑길에. 살다 고단할 때면 날 찾아오소. 서울댁이 우리 식당에 처음 온 날 날강도한테 홀딱 다 뺏긴 사람 같았어. 재첩국 한 모금 겨우 마셨지. 이젠 많이 좋아졌어."

"고마워요. 살다 힘들어지면 내려와 쉬어갈게요."

주황빛 석양이 물든 샛강을 걷고 있는데 누군가 내 어깨를 치며 저녁노을이 얼마나 아름다운지 똑똑히 보라고, 이렇게 아름다운 강을 본 적 있냐고 물었다. 대답하기 위해 얼굴을 돌리니 아무도 없다. 누구야? 나뭇잎 다 떨어진 몸피 굵은 벚나무 뒤에 서 있던 사람, 다가가니 나를 꽉 껴안았다. 숨이 막혔다. 너무 차가워 심장이 멎을 것 같았다.

"백일이 되었어. 이젠 떠나야 해. 날이 밝기 전에 나는 배를 타고 그 강을 건너야 하거든. 하연주 미안해."

"그럼 우리 만남도 끝이라는 거야? 나는 아직도 오빠 보낼 준비가 안 되었는데. 이젠 내가 죽어야 오빠 만나는 거야?"

"그 사고, 음주운전 중앙선 침범 돌발 사고. 난 내가 그렇게 일찍 죽을 운명인 줄 정말 몰랐어. 사랑하는 사람과 신혼 10개월. 참 행복했었는데. 세상 다 원망했지. 너무 억울해서 죽어도 이승을 못 떠나겠더라. 내 사랑 내 가족 다 버리고 떠날 수 없어 밤낮 헤매고 다녔어. 운명? 이런 잔인한 운명이 어디냐? 사랑하는 여자를 파파 할머니 되도록 지켜주고 싶었는데 하연주 사랑해! 내 몫까지 행복하게 살아주어!"

"오빠 잠깐만, 그날 오빠가 퇴근하면서 먹고 싶은 거 말하라고 재촉해서 새콤달콤한 석류가 먹고 싶다고 말하여 오빠 차가 마트로 가다 당한 사고였잖아. 나 때문에, 그놈의 석류 괜히 말하여 너무너무 후회되어 정말 죽고 싶었어."

"그건 네 잘못이 아니야. 그때 입덧이 너무 심해 뭐라도 먹이고 싶었어. 음주운전 미친 인간한테 재수 없게 걸린 거지."

"응급실에서 너무 참혹한 오빠 모습에 까무러쳤다 눈뜨니 우리 아기도 갔어. 미안해! 오빠도 못 지키고 아기도 못 지키고 너무너무 미안해!"

"아니야 절대로 네 탓이 아니야."

"나는 그 인간 법적으로 인간적으로 절대 용서 못 해. 내가 용서 못 한다고. 그 사람은 오빠만 죽인 게 아니야. 우리 아기, 그리고 나까지 죽였다고!"

눈물범벅 얼굴을 드니 남편은 어느새 내 손을 놓고 바람에 밀리듯 어둠에 밀리듯 내 앞에서 슬슬 멀어져가고 있지 않은가. 나는 피를 토하듯 소리쳤다.

"오빠! 도훈 오빠! 나 한마디만 나도 오빠 사랑했어! 정말 사랑했다고!"

동녘 하늘에 일출이 시작되었다. 붉은빛이 천지사방에 뿌려졌다. 강물도 동네 길도 낙동 아주머니 얼굴도 붉게 물들었다. 아주머니는 고개를 빼고 강변길을 내다보고 있다. 나는 오늘 이곳을 떠나기에 마지막으로 보는 낙동강 일출에 가슴이 먹먹했다.

"시인님 기다리세요? 그 시인님 안 오셔도 내내 기다리실 거예요?"

"우리 선생님은 낙동강 시를 짓고 읊는 고결한 분이시라 해도 그러네."

"다른 시인 시도 좋아하세요?"

"난 다른 사람 시는 몰라. 아! 선생님이 낭송하시는 시가 들려오네!"

아주머니는 지긋이 눈감고 낙동강 시인의 낭송시를 듣고 있다.

"시인도 너무 적적한 이곳 기수역을 떠나지 않을까요?"

"요즘 철새가 얼마나 많이 찾아오는데. 다 떠나가도 우리 선생님은 남으실 분이시거든. 재첩도 없고 대파도 없는 이곳을 내가 떠나야 하는데!"

아 당신은 낙동강을, 낙동강 시인을 사모하시는군요.

먼 길을 흘러온 낙동강 푸른 물은 오늘도 말없이 흐르고 있다.

뻐꾸기 둥지

정말 눈 깜짝할 사이다. 미라 옆 왼쪽에 그가 앉았고 그 옆에 앉는 방석 옆에 회색 면 가방이 놓여 있었다. 머리가 흰 할머니가 불단 앞에서 기도하고 계셨다. 미라 오른쪽엔 젊은 여성이 눈을 감고 백팔염주를 돌리며 기도하고 있었다. 미라도 세 분의 부처님 전에 각각 시줏돈 올리고 큰절하고 자리에 돌아왔을 때 그가 재빨리 점퍼 안주머니에 무언가 넣는 게 미라 눈에 걸렸다. 회색 면 가방 지퍼가 열려있지 않은가. 관세음보살! 미라는 그를 노려봤다. 그는 양반다리 위에 두 손을 쫙 펴 보이며 왜? 하는 표정을 지었다. 미라는 그를 째려보며 말없이 소리쳤다. '당장 내놔! 빨리!' 영조가 피식 콧방귀를 뀌며 자리에서 일어남과 동시에 점퍼 안 주머니에서 촘촘히 누빈 보라색 지갑을 면 가방 위에 얹어놓고 휙 나갔다. 번개처럼 빠른 동작이다. 미라는 휴- 한숨을 삼켰다. 자기 자리로 온 할머니가 낮은 목소리로 탄식했다.

"어라! 내 지갑이 어찌 가방 위에 있노? 아까 불전에 시줏돈 올리고 가방 안에 안 넣었나? 요새 내가 정신이 깜빡깜빡하네."

할머니는 누비 지갑을 얼른 안에 넣고는 지퍼를 끝까지 올리고는 서서 반 배를 올리며 기도하기 시작했다.

"비나이다! 아들 며느리, 딸 사위, 손자 손녀들 몸 건강하게 도와주십시오!"

10시 30분. 초하루 법회 시간이 다가오자 법당 안은 여성 신자들로 꽉 찼다. 미라는 온화한 얼굴로 좌중을 내려다보고 계신 부처님이 무서워지기 시작했다. 쿵쿵 뛰는 가슴을 손으로 누르며 조심조심 법당을 나왔다. 밖에 나오니 커다란 글씨 대웅전 현판이 두 어깨를 짓눌렀다. 화가 머리끝까지 치밀었다.

"이 인간 어딨어? 정말 미치겠네!"

가슴이 벙벙했다. 약사전 지나 큰 바위 위에 앉으신 달마 스님 지나 샘터에서 영조가 조롱박으로 대나무 관으로 졸졸 흐르는 약수를 받았다 부었다 장난치고 있었다. 자신을 보고 싱긋 웃으며 조롱박에 생수를 받아 내미는 영조 얼굴에 물바가지를 확 덮어씌우고 싶었다.

"오늘 처음 온 절에서 감히…. 부처님 무섭지도 않던?"
"내가 안 온다고 했잖아. 심심해서 장난쳤지. 할머니 지갑 빵빵하던데."
"부처님 눈앞에서 참 잘하는 짓이다."
미라는 문득 할머니 말씀이 떠올랐다.

-열 부처가 나타나도 구제 못 할 인간이 있느니라 -

미라는 빠른 걸음으로 좌우에 사천왕상이 눈을 부릅뜨고 있는 절 문을 나섰다. 영조가 실실 따라 나왔다. 말 한마디 없이 버스, 지하철 타고 집으로 오다 보니 어느새 옆 길로 빠져버린 영조. 보나 마나 피시방에 죽치고 있거나 작업 갔을 것이다. 밤늦게 돌아온 영조가 봉투를 던졌다. 미라는 그 봉투를 영조에게 도로 휙 던져버렸다.
"싫어!"
"싫으면 관둬. 내 쓰기도 빠듯해."
"왜 그런 짓 하는데? 멀쩡한 몸뚱이로 일해서 벌어야지."
"야, 백화점 가봐라. 위아래 명품 걸치고 명품가방 메고, 쇼핑백 몇 개나 들고도 더 사려고 설치는 인간들, 돈 주체 못하는 부유층 지갑에서 몇 푼 꺼내 쓰기로 뭐가 잘못인데? 최상위 귀족 그룹이 최하위 빈민 도와주는 건데."
"도와줘? 너 돈 아니잖아. 남 꺼 훔치니 나쁜 짓이잖아."
"나쁜 짓? 이놈의 사회구조가 잘난 인간들은 밤낮으로 억, 억 재산이 불어나고 가난뱅이는 점점 더 가난해지지. 빈민층은 O나게 설쳐도 입 먹이기 바빠요. 몸뚱이 누일 작은 집 하나 평생 가도 못 가지지. 뼈 빠지게 일하며 뭐해? 신분이 바뀌어? 먹고 살기가 편해? 더, 더 지하 세계로 내려가지. 주제는 알아 가난 대물림할 자식새끼 따위는 애초에 없지. 내가 고결하게 굶어 죽으며 세상 누가 알아준대? 흥 나 같은 놈은 애당초 부모 복도 내 복도 없어. 너도 언제 날 떠날지 모르는데. 난 꿈 같은 것 애당초 없어. 내일이 어딨어? 오늘하고 지금뿐인걸. 언제 어떻게 될지 누가 알아? 내 손에 있는 돈도 내 돈 아니니 아깝지 않아. 먹고 싶은 거 사 먹고 피시방 가서 게임 실컷 하는 게 내 사는 즐거움이야. 난 내일은 없어."
"그래 너는 시골 무논 거머리처럼 남의 다리에 붙어 피 빠는 기생충으로 살아라!"
미라는 영조 꼴도 보기 싫어 이불을 확 끌어당겨 둘둘 덮어썼다. 탕! 문소리 크게 영조가 자기 방으로 갔다. 밤새도록 잠이 안 왔다. 내일 일찍 출근인데. 24살 박미라는 큰 마트에 근무하고 있다.

부산역. 그날 미라는 밀양 할머니 집에 다녀오는 길이었다. 일요일 저녁 하행선이라 ktx는 사람들로 붐볐다. 부산역, 에스컬레이터에 사람들이 줄을 섰다. 부산역 광장에서 지하철을 타기 위해 지하도 계단을 내려가는데 할머니가 알뜰살뜰 챙겨주신 반찬 넣은 무거운 에코백은 오른손에 들고, 검은색 크로스 가죽가방을 메고 내려가는데 순식간에 가방을 뺏겨버렸다. 찢어진 청바지에 검은색 가죽점퍼 입은 남자가 가방을 낚아채고 후다닥 계단 아래로 달아나고 있었다. 비명을 질렀다.

"내 가방 내 가방 뺏어가요! 저기 저 소매치기가!"

혼잡한 지하 계단은 내려가고 올라가는 사람들이 웅성거렸다. 그러나 사람들은 갈 길이 바빠선지 돌아보곤 그냥 가던 길을 갈 뿐이었다. 미라는 너무 놀라 두 손이 부들부들 떨렸다. 어떡해? 그때 야구모자를 눌러쓴 청년이 후다닥 뛰어가는 게 보였다. 그러나 소매치기 잡으러 뛰어가는지 갈 길이 바빠서 뛰어가는지 알 수가 없었다. 크로스 가방에는 지갑, 신분증, 마트 출입증, 빌라 키, 통장, 지하철 카드 등 귀중한 소지품과 혹시 싶어 준비해간 현금도 들었으니 어떡해? 택시 타고 갈 것을. 아 핸드폰도 가방에 들었는데. 핸드폰은 평소 바지 호주머니에 넣고 다니는데, 새삼 눈앞이 더 캄캄했다. 허둥지둥 지하 계단을 뛰어 내려가는 미라. 저만치 지하 화장품 가게 앞에서 치고받고 싸우고 있는 두 사람을 발견했다.

"도와주세요! 가죽점퍼 입은 사람이 소매치기에요. 내 가방 빼앗아 갔어요!"

미라의 비명에 주위 지나가던 사람들이 웅성거리며 모여들자 소매치기는 놀랐는지 가방을 휙 내던지고 달아나기 시작했다. 누군가 '저놈 소매치기 잡아라!' 고함을 치자 소매치기는 더 빠른 걸음으로 남포동 방면으로 달아났다. LA다저스 야구모자를 쓴 청년이 미라 앞으로 와 검은색 크로스 가방을 내밀었다.

"가방 뺏는 거 봤거든요. 바로 따라갔으니 가방에 손대지 못했어요."

"정말 고마워서 어쩌지요? 많이 안 다쳤어요?"

"괜찮아요. 그럼 저는 이만."

"왼뺨이 벌겋게 부었는데, 커피숍 가서 커피라도 마셔요. 저도 목말라요!"

"아니요. 커피 안 사도 괜찮은데."

가방 찾아준 고마움에 미라는 어찌할 줄 몰랐다. 170은 넘어 보이는 키, 검정 폴라티, 빈티지 청바지 카키색 셔츠를 입은 평범해 보이는 청년이었다. 미라와 청년은 지상으로 올라와 지하철 부근 커피숍으로 갔다. 청년은 카페 구석진 자리를 찾아 앉았다. 미라는 아이스 아메리카노 두 잔, 크림빵을 골랐다. 시원한 아이스 아메리카노를 마시며 달콤한 크림빵을 먹으니 그제야 긴장이 풀렸다. 카페서 1시간 머물다 헤어져 집으로 돌아왔다. 가방을 찾아준 청년은 이름이 '오영조'라고 했다. 미라는 수정동 방 2, 거실에 주방 딸린 빌라 2층에 살았고, 나중에 알고 보니 오영조는 뜻밖에 빌라 가까운 원룸에 살고 있었다. 며칠 뒤 우연히 길거리에서 다시 만난 것이 그들 만남의 시작이었다. 그들은 가끔 만나기 시작했으니까. 오영조는 짜장면과 맵싸한 치킨을 좋아하고 수정시장에서 김밥 떡볶이 순대를 즐겨 사 먹었다. 미라도 즐기는 간식이라 그들은 번갈아 김밥 떡볶이 어묵을 사 먹었다. 그는 미라에게 펜던트 키링 같은 귀여운 액세서리를 선물하였다.

미라는 많이 망설이다 영조를 밀양 할머니 집에 데려갔다. 미라가 할머니 집 애기를 할 때마다 영조는 시골집 한 번 가봤으면 좋겠다고 부러워했다. 회사 다니며 혼자 산다는 영조, 맘 편히 놀러 갈 곳이 없다는 영조가 딱하여 데려갔다. 제과점 맛난 빵을 고르고 과자와 유제품을 샀다. 시골집에 처음 가본다는 영조, 밀양역에 내려 버스로 이동하여 벼가 시퍼렇게 자라는 들길을 신나서 걸었다. 마을 어귀의 몸피 굵은 느티나무며 철철 흐르는 개울물에 손뼉을 쳤다. 싱싱한 고추가 주렁주렁 달린 길가 고추밭, 보라색 가지가 달린 가지 나무, 보라색 꽃이 수줍게 핀 도라지밭, 바람에 기다란 잎사귀가 흔들거리는 옥수수밭을 지날 때다. 영조가 긴 팔을 뻗어 오이고추를 한 움큼 땄다. 미라는 깜짝 놀라 주위를 둘러봤다. 다행히 마을 사람이 안 보였다.

"그거 이리 내놔!"

"뭘?"

"너 동네 사람한테 욕 얻어먹을래?"

"아니 고추 몇 개 가지고 난리야? 저기 고추 많이 달려 있네."

"고추가 많이 달리고 말고 왜 손대냐고? 너 꺼 아니잖아."
미라는 기어이 영조 손의 고추를 빼앗아 고추나무 아래 던졌다.
"따고 싶으면 우리 할머니 고추 따. 빨간 고추는 따서 말려야 하니까."
할머니는 남의 것이라면 질색하시지 않는가. 언젠가 미라가 골목 담벼락에 달린 애호박이 너무 예뻐 만지다 꼭지가 떨어져 집에 가져갔을 때,
"미라야, 옛말에 바늘 도둑이 소도둑 된다는 말이 있니라. 저거 작은 호박이지만 무심코 하나 따면 내일은 저거보다 조금 큰 호박 따게 되니라."
"할머니?"
"미라야, 갖고 싶은 게 오죽 많겠냐. 그럴 땐 탐나는 물건이 똥 묻은 물건이라 생각하렴. 똥 묻은 건 그냥 줘도 싫지. 일해서 번 돈으로 산 물건이 소중하니라."
할머니 집은 오래된 기와 옛집을 허물고 몇 년 전에 새로 지은 슬라브 남향집이다. 마당 넓은 집에 방 둘, 창문이 확 트인 거실과 주방이다. 할머니는 특히 동네 사람들이 많이 놀러 오는 거실을 넓게 하였다. 바깥에 커다란 창고를 지었

는데 곡식들 갈무리하고 절반은 농기구들이 차지했다. 담장 가로 대추나무 치자나무 매실나무가 가지를 뻗고 감나무에는 씨알 굵은 단감이 주렁주렁 달리고 담장에는 여름이면 주황색 능소화가 줄기줄기 피었다. 사철 꽃이 피어 마을에서 꽃집으로 불렸다. 주방 다용도실 문밖에는 배불뚝이 된 장 간장 항아리들이 키대로 놓인 장독대가 있고, 집 뒤 닭장에는 암수 토종닭 열댓 마리가 있다. 할머니가 텃밭의 풀을 메고 계시다 미라를 보고 반기며 영조를 보고 놀라신다.

"할머니, 회사 다니는 사람인데 친구야. 시골 구경하고 싶다고 해서 같이 왔어."

"친구? 촌구석에 뭐 볼 게 있다고. 시장하지, 할미 밥 퍼뜩 할게 좀 쉬어라."

늦은 점심이지만 찰밥, 보글보글 끓는 청국장 뚝배기, 깻잎 싱싱한 풋고추와 할머니 전문인 뜨끈뜨끈한 돼지고기 수육으로 식탁이 푸짐하고 그득하였다.

"할머니, 이제 식사해. 반찬 많아요."

맛있게 끓인 숭늉을 들고 할머니를 앞세워 식탁으로 간 미라는 깜짝 놀라고 말았다. 영조 혼자 허겁지겁 밥을 퍼먹고 있지 않은가.

"미라야, 아침 안 먹어 배고프다. 수육 진짜 맛있네!"
"할머니!"
 미라는 얼른 할머니를 쳐다봤다. 할머니 얼굴이 잠시 굳어졌다 펴졌다.
"그래 사람이 배고프면 먹어야지 우짜겠노! 많이들 먹어라."
 오후, 미라는 차양 모자를 쓰고 작업 바지를 입고 밀짚모자 쓴 영조와 고추밭에서 빨갛게 익은 고추를 서너 소쿠리나 땄다. 영조는 허리 아프다고 엄살을 부렸다. 미라는 부산 가져갈 성싱한 오이고추를 따놓고 호미로 밭을 맸다. 바래기가 성성하게 들깨밭, 참깨밭을 덮치고 있어 날이 저물도록 일했다. 그날 밤 큰방에서 할머니가 미라를 타일렀다. 영조는 그것도 일이라고 고단했는지 작은 방에서 일찍 잠에 떨어졌다.
"본데없는 사람을 어쩌겠냐? 모르는 것은 차차 깨우치면 되고 인성이 문제지. 사람 인성은 바꾸기가 어렵단다. 미라야, 본디 큰 부자는 하늘이 내리고, 먹고 사는 것은 저 손에 달렸다고 하니라. 요즘 세상 저만 열심히 일하면 잘살게 된단다. 이곳에도 젊은 사람들이 하우스에 특수작물 재배하여 억대로 돈 벌고 외제 차 타고 댕기니라. 무엇을 하든 저하기 나름이지."

"할머니, 저 친구는 좀 게으른 것 같아."

영조 만난 지 1년 후, 미라 빌라 작은 방에 영조가 들어와 살게 되었다. 영조가 살던 원룸 주인이 원룸 10개 전세금을 떼먹고 날라버렸는데 영조는 전세 백만 원에 월세로 살았기에 백만 원 떼였다. 화가 난 건물주가 방 빼라고 하여 미라의 빌라 작은 방에 임시로 들어온 게 동거가 되었다. 그때까지도 미라는 영조가 회사원인 줄 알았다. 짐도 간단했다. 여행 캐리어 2개에 손에 들고 온 노트북뿐이었다. 영조는 빈 몸으로 들어와 살림을 넣었는데 침대, 최신형 TV, 냉장고, 침구류가 들어왔다. 미라는 영조 물건은 자기 방에 다 넣게 하였다. 큰방 작은 방으로 나누어 지내다 어느 날 저녁, 치킨 오징어 안주에 소주 맥주 포도주를 번갈아 마시다 아침에 눈 떠보니 영조가 옷 벗고 침대에 같이 자고 있었다. 미라는 자신의 처지를 생각하며 사람만 착실하면 후회 안 할 것 같았다. 영조는 세탁 청소 등 자기 일은 알아서 하였고 매월 25일이 되면 일정한 생활비를 내놓았다. 영조는 아침이면 출근하고 저녁이면 퇴근했다. 미라가 늦게 퇴근하면 영조는 행거의 옷들을 걷어 반듯하게 개켜 놓았고, 수건들도 화장실 서랍장에 잘 정리하여 넣었다. 반찬이나 부식, 과일은 미라가 마트서 구입하고 영조는 편의점에서 담배, 라면, 과자 등 기호품을 사고 시장에서 돼지국밥 호박죽 짜장면을 사 먹었다. 집 안 청소도 하고 종량제 봉투는 반만 차도 내다 버렸다. 미라가 담배 냄새를 지적하자 영조는 밖에 나가 피웠다. 영조는 만나는 친구도 찾아오는 친구도 별로 없었다. 영조는 전에 승용차가 있었는데 산복도로 주차장 문제로 골치 아파 차를 처분했다고 했다.

영조는 주머니에 돈이 있으면 잘 썼다. 족발, 킹크랩, 피자, 치킨을 실컷 먹었다. 하루살이처럼 아끼는 게 없었다. 치킨도 두 마리 시켜 혼자 남김없이 먹어 치울 때도 있었다. 먹기 위해 사는 사람 같았다. 토를 하고 위장약을 찾았다. 때론 끼니를 굶기도 했다. 하루 세끼 정상적인 식사를 하는 미라와 정반대였다. 영조는 햇반을 냉동실에 가득 채워두었으나 밥보다 라면을 즐겨 먹고 과일은 좋은 것만 골라 먼저 먹었다. 아끼면 똥 된다고 했다. 미라는 성한 과일은 냉장고에 넣고 조금 흠집이 난 것부터 먹었다. 할머니가 그랬다. 단감 고구마 사과도 좋은 것은 저장하고, 조금 찍히거나 이친 것은 먹기도 하고 쨈을 만들었다. 미라는 생일을 챙겨 팥밥, 미역국 잡채를 만들고 케이크와 와인을 준비했다. 계절에 따라 팥죽, 떡국, 삼계탕, 콩국수를 먹었다. 할머니는 바빠도 절기음식은 꼭 하셨다. 복날에는 가마솥에 토종닭 삼계탕을 푸짐하게 하여 이웃들과 나눠 먹는 게 연례행사였다. 영조는 떡국과 삼계탕만 알았다. 동거하고 한 달 지나서 영조가 출근하지 않았다. 회사 일이 없어 휴업이라며 놀아도 미라에게 돈 아쉬운 소리는 하지 않았다. 미라는 출근하기 바쁘고 퇴근도 늦어 일일이 간섭하지 않았다. 미라가 쉬는 날 보면 영조는 대개 오전 내내 일어나지 않고 자기 방 침대에서 뒹굴거나 핸드폰 가지고 놀았다. 아니면 피시방 가서 죽쳤다. 그러다 오후부터 눈빛이 빛났다. 영조는 어느 날 오후 아르바이트 구했다면서 기분 좋게 나갔는데 대체로 저녁 늦게 돌아왔다. 다니는 곳을 물어도 오래 다닐 곳이 아니라고 했다. 어느 날, 미라가 주방 쓰레기를 버리다 보니 반도 안 찬 10ℓ 종량제 봉지를 찢고 삐죽 나온 게 있어 꺼내 보니 검정비닐에 둘둘 싼 주민등록증이 아닌가. 그것도 3개나 나왔다. 나이 든 남자 둘, 여자 하나, 봉지를 쏟으니 신문지에 싸고 검정비닐에 둘둘 싼 남자 지갑까지 나왔다. 너무 놀라 가슴이 철렁 내려앉았다.

"이게 뭐야? 도대체 이 인간이 무슨 짓 하고 다니는 거야? 하느님 맙소사!"

그러고 보니 그동안 의아했던 일들이 떠올랐다. 오전에는 실실 놀다 오후만 되면 눈빛이 달라져 외출하지 않았는가. 알바? 다 거짓말, 소매치기범? 그럼 영조와 처음 만난 부산역 가방 소매치기도 이 인간이 일부러 꾸민 짓이었을까? 설마 설마?

속았어! 옴팍 속았어! 아버지가 사업하다 부도가 나 망하고, 부모님이 베트남에 여동생만 데리고 가 살고 있다는 말도 거짓말이겠지. 부모님 사업 안정되면 베트남에서 결혼식 올리자던 그 말도 거짓말, 나를 병신 허수아비로 알고. 미라는 눈앞이 캄캄했다. 사람 착한 것 하나 보고 마음을 내줬는데. 정이 너무 그리워 영조를 받아들였다. 사람 보는 눈이 이렇게 멍청한가? 나 어떡해? 할머니께는 안정되면 말씀드리려 했는데. 미라는 내내 울다 쓰러져 깜빡 잠이 들었다. 영조가 깨웠다. 거실에 남자 지갑과 주민등록증 3개가 그대로 널려있다.

"미라야! 미라야! 일어나 봐."

겨우 일어난 미라에게 생수 한 컵 따라 내밀었다. 미라는 생수를 다 들이켰다.

"어디 변명이라도 해보시지! 너 내게 할 말 많지?"

"작정하고 널 속인 건 잘못했어. 그동안 나도 괴로웠어."

"그래서 그동안 잘도 속아주는 내가 재미있었니?"

"미라야! 나는 고아야. 고아 출신이야."

"고아? 고아라고 다 너처럼 사는 줄 아니? 노력해서 잘사는 사람이 더 많아!"

"몰라. 내 주위에는 사랑에 목말라 허덕이다 낙오되는 인간이 더 많아."

베트남 부모님, 내가 꿈에서라도 그려보는 나의 부모님 모습이었지. 사진 한 장도 없잖아. 보육원 아이들은 오지도 않을 친부모를 기다리며 기다림에 지쳐가는 애들이지. 희한하게 드라마 연속극에선 애들 버린 부모가 어느 날 큰 부자가 되어 나타나 잘못했다고 눈물로 사죄하고 고아가 하루 아침에 소공자 소공녀가 되는 광경을 보며 마음속으로 자신에게도 그런 기적이 일어나기를 간절히 기다리지만 결국 지쳐가지. 애들은 차츰 알게 되거든. 그런 얘기는 드라마나 영화에 나오는 소설이라고. 사실 아이들은 부자 부모 아니어도, 가난해도 자신을 낳아준 친부모를 기다려 두 눈이 짓

무르지. 아이들은 절대로 단념하지 못하고 낯선 새 자동차가 보육원에 들어오면 가슴이 마구 뛰었지. 나를 찾는 부모님 아닐까 싶어서. 부모가 날 버린 것은 자라면서 이해를 하지. 자식을 내다 버릴 만큼 살기가 힘들어서 버렸다고.

나는 오 씨라는 내 성도 보육원 원장님 성씨를 따랐고 영조라는 이름도 원장님이 지으셨대. 나는 메모 한 장 없이 담요 한 장에 싸여 울지도 못하는 핏덩이로 보육원 문 앞에 버려졌대. 목이 빠지도록 기다린 기다림의 세월이었어. 열 살까지만 찾아오면 엄마! 하고 울며 달려가 품에 안길래. 십오 세까지 찾아오면 다 용서할 거야. 십팔 세까지 찾아와도 눈물로 끌어안을 거야. 왜 이렇게 늦게 왔냐고 절대로 원망하지 않을 거야.

세월이 흘러 십팔 세가 되면 기관보호가 종료되어 보육원을 퇴소하게 되지. 말 그대로 홀로서기지. 자립정착금 육백만 원이 내 손에 쥐어졌어. 그러나 나는 다시 고아가 되었지. 세상천지에 혼자되니 무섭고 불안하고 보육원에서 같이 지낸 형들과 동생들이 그리웠어. 나 혼자 할 수 있는 게 하나도 없었어. 형들이 나타나 날 데려갔어. 얼마나 고맙던지 눈물이 났어. 그들이 사는 좁은 원룸으로. 나는 세끼 끼니를 얻어먹으면 밥하고 심부름하고 청소하고 시키는 대로 하였지. 형들은 내 정착금으로 쌀 포대를 들이고, 소주 맥주를 사고, 치킨, 짜장면, 우동, 탕수육 시키고, 다섯 명 입속으로 야금야금 정착금이 다 들어가더라. 어느 날 다섯 명 지내기 너무 비좁다고 날 내쫓았어. 원장 엄마가 눈물 나게 생각나더라. 그렇게 조심하라고 일러주셨는데 나는 또 세상에 버려진 비참한 고아 아니 거지가 되었어.

죽으려고 일주일 굶고 나니 죽지도 않고 눈에 뵈는 게 없더라. 너무 배고파 문구점 가는 어린애 손에 든 만 원짜리 냉큼 빼앗아 달아났어. 허기져서 뛰지도 못하고 눈에 보이는 가게 들어가 빵 우유 허겁지겁 먹었지. 산다는 건 먹는 것이고 먹어야 살겠더라. 세수나 화장실은 지하철역 애용하고 나는 차츰 세상을 편하게 살아가는 법을 배우니 세상천지가 내 잠자리였어. 네가 지껄이는 악이니 선이니 그런 거난 몰라. 나는 다만 오늘 하루를 살기 위해, 눈물 없는 삼각 김밥을 먹고 하룻밤 잠잘 누울 자리를 위해 날마다 세상과 처절하게 싸우지 않으면 나는 아무도 모르게 죽는 거야. 그것도 기술이라고 왕초한테 얼마나 얻어터지고 뺏겼는지 몰라. 왕초가 내 왼쪽 다리를 찍었어. 너무 심한 폭행과 욕심을 부리다 왕초는 결국 부하 똘마니에게 목숨을 잃었지. 나는 한 인간의 무서운 족쇄에서 풀려나 처음으로 자유인이 되었어. 그러나 배운 게 그것밖에 없는걸. '오영조'라는 이름 붙인 피둥피둥한 살집을 가진 젊은 몸뚱이를 굶겨 뒤지지 않고 숨을 쉬고 살게 하려면 그 기술을 계속 써먹는 거야. 누가 내 젊은 영혼을 거금을 준다면 난 팔았을 거야. 인신매매도 생각했어. 짧게라도 남들처럼 한번 잘 살고 싶더라. 소매치기, 나도 개똥철학이 있거든. 가난뱅이 주머니는 절대 안 털어. 돈 많은 인간들 돈 조금 나누어 쓸 뿐이야. 그치들은 지갑 따위 잃어도 걱정 없이 잘 살잖아. 그들은 은행에 증권에 코인에 지갑에 못 넣을 큰돈 더 많이 있잖아. 나 같은 사람은 그 돈으로 초라한 생명을 잇지만, 그들은 뭔 걱정? 잃는 게 없잖아.

"그래도 남의 것은 남의 것이지 네게 아니잖아. 사람들이 부자든 가난뱅이든 네가 뭔 간섭인데? 부자 되는데 보태준 거 있니? 소매치기 자체가 나쁜 행동인 걸 너도 아니까 몰래 훔치는 거잖아. 난 이젠 너하고 말하기도 싫어. 아무리 변명해도 그건 도적질이고 강도질이야."

"미라야, 너 뻐꾸기 둥지 아니? 뻐꾸기란 놈 있잖아. 참 머리가 비상한 놈이거든. 암컷 뻐꾸기는 알을 다른 새의 둥지에 낳는 거야. 탁란이지. 뱁새 어미 새는 제 알 남의 알 분간 못 하고 품어주는 등신이지. 뱁새 알들이 껍데기를 깨고 나오면 뱁새 어미는 열심히 모이를 물어다 먹이는 거지. 그러나 얄미운 뻐꾸기 새끼는 어깻죽지로 뱁새알과 새끼를 둥지에서 죽자고 밀어내거든. 둥지에서 밀려난 뱁새 알은 깨지고 새끼는 떨어져 죽는 거지. 몰래 들어온 돌이 박힌 돌을 쳐내는 거지. 양육 어미의 먹이와 돌봄을 독차지하려고. 그런 뻐꾸기 새끼가 바로 우리야. 내 부모라는 인간은 저들이 낳은 갓난 새끼를 보육원 둥지에 버리고, 버림받은 새끼들은 원장 엄마 눈에 들려고 원생 아이들과 남모르게 처절한 암투와 싸움을 벌이지. 진짜 얄미운 뻐꾸기 새끼들이지. 나는 더 얄미운 뻐꾸기 새끼였어."

미라는 자신을 외면하는 영조에게서 치를 떠는 분노의 눈빛을 보았다. 섬뜩했다. 그래도 미라는 영조가 용서되지 않았다.

"야, 나도 고아야. 그래도 너처럼 살지는 않아!"
"뭐라고? 넌 밀양에 할머니 있잖아."
"나도 아빠 엄마는 없단 말이야!"

TV에 강원도 산불이 나서 난리다. 불씨가 바람을 타고 민가까지 덮쳤다. 그냥 불이 아니고 도깨비불처럼 훨훨 날아다니며 닥치는 대로 산을 태우고 집을 태워 먹고 민가를 덮친다. 불길이 훨훨 춤을 추었다. 놀라 뛰쳐나온 주민들이 발을 동동 굴렀다.

"아이고! 저걸 어째? 집이고 뭐고 다 태워 먹네. 어떡해! 어떡해?"

거실 티브이 앞에서 미라는 너무도 황당하고 안타까워 발을 동동 굴렀다.

"저기 봐? 불길이 훨훨 꼭 악마처럼 불을 옮겨! 어떡해? 저 노인들!"

"휙휙 날아다니며 닥치는 대로 다 태워 먹고 있잖아! 사람들 울고 있어!"

"······."

대꾸 없는 영조를 돌아보니 소파에 기대어 게임에 몰두하고 있다. 빌라에서 나가라고 통고했는데 아직 나가지 않고 있는 영조다.

"넌 주위에 살인이 나도 눈도 깜짝 안 할 인간이지. 지진이 나도 꿈쩍 않고 신나게 게임만 하겠지. 지금 불길이 집들을 다 태워 먹고 있는데!"

"그래서? 여기서 물 떠다 나를까? 불 꺼러 우리 강원도 갈래? 저들 이재민에게 아무 도움 못 주는 건 너나 나나 마찬가진데 혼자 유난을 떨고 있어."

"그래 너는 옆집에 불이 나도 룰루랄라, 살인사건 나도 게임만 하겠지."

"내가 재벌이면 새집 짓게 한 백억 기부하겠다만 나더러 어쩌란 말이야?"

"기부? 너는 인간을 위해 흘릴 눈물 한 방울도 없는 냉혈동물 같단 말이야."

"아니 내가 불을 질렀어? 산불 나라고 내가 고사를 지냈어? 왜 나한테 화내는 거야? 도대체 이해를 못 하겠네. 이 넓은 세상에 내 방 한 칸도 없는 놈한테."

"너라는 인간은 옆에 사람이 파도에 휩쓸려가도 본체만체할 인간이지. 전에 큰 사업장에 큰불 나 여러 명 죽고 질식하여 구급차에 실려 가도 본체만체였지. 너는 인간에 대한 최소한의 사랑도 연민도 없는 냉혈동물 같아. 난 그게 너무 싫고 끔찍해!"

"냉혈동물? 나도 따뜻한 인간의 사랑을 받고 싶어. 꼭 감정을 드러내야 알 수 있어? 나는 매일같이 천당에 살았다 지옥에 살았다 하는데. 언제 짭새들한테 잡혀갈까, 속으로 얼마나 벌벌 떨며 사는데 나에게 내일이 어딨어? 오늘, 지금 뿐인걸. 언제 어떻게 될지 모르는데. 훔친 돈도 내 돈 아니고 내 손에 있는 돈도 내 돈 아니야. 그냥 먹고 싶은 거 사 먹고 피시방서 게임에 빠져 불안을 잊고 살 뿐인걸."

"…"

"미라야 너 아니? 망각의 아케론강 말이야. 나는 죽으면 아케론강 그 강을 건너고 싶어. 그리스 신화에 사람이 죽어 저승 갈 때 마지막으로 건넌다는 망각의 아케론강 그 강을 건너면 이제껏 살았던 모든 기억이 다 지워져 없어진다는 거야. 난 꼭 그 강을 건너고 싶어. 나는 때때로 아무 기억도 못 하는 텅 빈 머리가 되고 싶거든. 난 어차피 내 어머니 아버지도 모르잖아. 이젠 원장 엄마도 다 잊었어. 나는 태어나면서 그 아케론강을 건넌 온 걸까? 무서워 미치겠어. 머 잖아 너도 잊힐걸."

"뭐라고?"

미라는 저번 종량제 주민증 사건 이후로 영조의 안방 출입을 막아버렸다.

미라는 가을 추수철 휴가를 내어 할머니 집에 갔다. 영조는 데려가지 않았다. 할머니에게 영조를 다시는 보일 수가 없었다.

"그 친구는 같이 안 왔냐?"

"그 친구 일 다녀요. 같이 가잔 말 안 했어, 할머니."

밭의 참깨 들깨 털어 거두고, 메주콩 검은콩도 수확했다. 고구마도 10박스 캤다. 창고에 가을 결실들이 수북수북 쌓여갔다. 잘 깎인 감들은 곶감 되게 걸고 빨간 큰 플라스틱 통에는 터진 홍시며, 깨진 감들이 수북했다. 저녁에 할머니는 진지한 얼굴이 되어 미라 손을 잡고 조곤조곤 낮은 목소리로 말씀하셨다.

"미라야, 잘 들어라! 할미 살다 보니 일흔도 넘었다. 언제 내가 그리 긴 세월을 살았는지 그리고 내가 언제 어떻게 될지 장담할 수 없구나. 할미가 이번에 정리하였단다. 긴들 배기 3천 평 농지, 여기 대학교 농과대학에 기부하였다. 한 십여 년 전부터 모심기 때면 학생들이 와서 기계모 심어주고, 가을 추수 때면 기계로 벼들 다 다 거두어주는 거 너도 보았지. 내가 오래전부터 긴들 배기 추수한 쌀 대학 식당에 보낸 게 인연이 되었지. 지금도 그 논에서 나온 쌀은 학교 식당에 다 보낸다. 동네 앞 문전옥답 천 평, 집 뒤 채소밭도 있고 그 전답만 해도 할미하고 너하고 먹고사는데 걱정 없니라. 네가 집에 돌아와 농사를 짓든, 하우스를 하든 네 맘이지. 나는 이제 내려놓고 싶구나. 한평생 아등바등 사느라 쉴 틈이 없었지. 복지관 다니면 즐기며 살란다. 할미 인생 책으로 쓰면 몇 권 되겠지."

"할머니!"

미라는 눈물을 흘리며 할머니를 끌어안았다. 옛날 일제강점기, 징집 영장으로 일본으로 끌려가 광산에서 일하던 할아버지를 찾아간 할머니가 해방 때 낳은 갓난 아기로, 부부가 배를 타고 죽을 고비를 넘기며 부산으로 나와 할아버지 고향 밀양에 정착하였다. 할머니는 다른 할머니와 달랐다. 미라가 진심으로 존경하는 할머니다.

미라는 오래된 옛날 일이 주마등처럼 떠올랐다. 뭣 때문인지 아빠와 엄마는 날마다 싸웠다. 어느 날 밤 엄마가 말없이 집을 나갔다. 읍내 장에서 장사하는 할머니가 오셨다. 미라 다섯 살. 어린 미라의 귀에 불도장처럼 가슴팍에 찍혀 있는 아빠의 한마디.

"엄마, 미라 내 딸 아니야. 이번에 미라 병원에 입원하여 피검사 안 했으면 평생 모르고 살았겠지. 남의 씨를 배고 오다니. 나쁜 년 용서 못 해!"
"이놈아, 이제껏 키운 정은 어쩌고? 가슴으로 낳은 자식도 내 자식이니라. 살다 보면 네 자식도 낳겠지. 못난 놈! 그만하고 미라 어미 찾아오너라."
아빠는 가게도 안 나가고 밤낮 술주정하며 때론 미라를 안고 눈물을 흘렸다.
"미라야, 너 엄마가 진심으로 용서를 빌었다면 난 용서했어. 사랑하는 여자니까. 미라야, 넌 내 딸이야. 엄마 안 오면 우리 어떻게 살까? 어떻게 살지?"
"미라야 아빠가 엄마 찾아올게. 조금만 기다려 꼭 찾아올게."
그날도 아빠가 엄마를 찾아 나갔다 술 취해 오토바이 몰다 다리에서 떨어져 죽었다. 할머니가 오셨다. 할머니는 미라를 껴안고 하염없이 눈물을 흘렸다.
"미라야 할미와 살자! 아무 걱정하지 말고 이젠 할미하고 살자꾸나!"
미라는 읍내 할머니 돼지국밥집 작은 방에서 유년을 보냈다. 친구가 없어 외로웠다. 나중에 어린이집에 다니게 되어 친구들 있어 너무 기뻤다. 할머니는 읍내에 다른 가게도 있어 항상 바빴는데 장날이며 손님이 많아 더 바빴다. 할머니는 밤이면 미라를 껴안고 잠을 잤다. 국밥 가게에도 작은 방에도, 할머니 옷에도 언제나 비릿하고 들쩍지근한 돼지국밥 냄새가 났다. 할머니는 진심으로 미라를 사랑으로 길렀다. 미라는 세상에 할머니가 있어 행복하였다.

영조가 며칠이나 집에 들어오지 않았다. 미라는 왠지 불길한 예감이 들었다.
"뭐 하고 돌아다니는 거야?"
"일이 있어 찾지 마. 넌 아무것도 몰라 모르는 거야."
어느 날 저녁에 낯선 남자 둘이 들이닥쳤다.
"오영조, 여기 살지요? 잡아떼도 소용없어요. 다 알고 왔으니까."
"집구석에 얼마나 숨겨놨는지 찾아볼까나!"
"오영조 현장에서 잡혀 검거된 거는 알고 있지요?"
미라는 너무 놀라고 부끄러워 그 자리에 털썩 주저앉았다. 사람은 고쳐 쓰는 게 아니라더니 영조는 절대로 손을 못 뗄 것이다. 그러다 형사들에게 잡히고 구속되고 결국 교도소 가겠지. 형기를 채우고 나와도 배운 도적질이라 또 그 짓 할 테고.

'난 그 인간이 즐기는 게임도 담배 냄새도 너무 싫어! 냉혈동물은 더 싫어.'

한 달 후, 미라는 여행 케리어에 옷가지를 넣고 작은 가방에는 소지품들을 챙겨 넣었다. 전기제품과 비품들은 친구가 가져가고, 재활용에 넣고 나머지는 처리했다. 영조 방 물건은 손 하나 대지 않았다. 침대, 티브이, 냉장고, 전기밥솥 노트북 등. 영조가 훔친 돈으로 구매한 물건들 아닌가. 빌라는 전세 만기 5개월 후 처리할 것이다.

'난 가슴이 따뜻한 사람, 남몰래 눈물을 삼키는 그런 남자가 믿음이 가는데.'

가자. 따뜻한 할머니 품이 너무 그립다. 할머니 집으로 가자. 노란 콩 삶아 직사각형 메주 만들고, 청국장 띄우고, 가마솥 숯불에 고구마 구워 먹고, 주운 밤톨 삶아 먹고, 채소밭에 통통하게 키운 배추 이백 포기는 김장하여 김장 나눔하고. 우리 할머니 손이 너무 커서 일도 많고 맨날 바쁘게 설쳐야 할걸. 특수작물 하려면 농협에서 지도 많이 받아야 하고 주위 농민들 찾아가 많이 배워야 한다는 것쯤은 나도 잘 알고 있지. 아침마다 까치가 울고 봄이면 뒷산에서 뻐꾹 뻐꾹 뻑뻑꾹! 뻐꾸기가 청승스레 울었지. 탁란한다는 그 미운 뻐꾸기가 울었지. 낮에는 일하고 밤이면 할머니와 민화투를 치고, 재미있는 옛날이야기 해달라고 우리 할머니 졸라야지.

나는 그곳에 따뜻하고 튼튼한 나의 사랑의 둥지를 지을까 보다.

그믐달

방문 앞에서 기척을 살핀다. 그러나 아무런 기척이 없다. 신문지로 덮어둔 밥상을 다시 한번 들쳐 본다. 11시가 지났다.

"쯧쯧쯧 밤샘 일하고 온 것도 아니고 해가 하늘 중천에 있는데 내가 미치것네. 밥이나 제때 일어나 묵으마 좋겠구만 아유 내 속이 다 뒤비지네!"

연식 40년도 넘은 22평 연립주택. 10여 년 전 주방 고치며 집수리한 거실 벽지 장판은 너무도 초라하고 낡은 검정 인조가죽 소파는 푹 꺼져있다. 집안 곳곳이 영자 할매처럼 낡고 초라한 살림들이다.

"지 밥 챙겨준다고 경로당에도 못 가고 다들 나와 점심 준비할낀데 환장하것네."

영자 할매는 기다리다 못해 아들 방문 앞으로 갔다.

"야야 광수야! 좀 일어나거라. 시간이 점심때다. 밥이나 묵고 자던지."

기척이 없다. 방문을 조금 열었다. 훅- 담배 냄새 홀아비 냄새가 코를 찌른다.

"광수야! 고만 좀 일어나거라. 내가 복장이 찬다!"

"뭐라카노? 아침부터 잔소리나 하고 복장은 누가 차는데."

"그래도 아침은 먹어야지. 술 묵고 밥 안 묵으믄 속 다 베린다."

"술, 술 한 병이라도 사주고 그런 말 하던가 기가 차네."

이불을 획 걷어차고 침대서 내려 화장실로 간다. 손에 딱 붙은 핸드폰 쥐고서. 반쯤 열린 방 안은 소주병, 빈 컵라면, 과자 부스러기 휴지가 뒤죽박죽이다. 저 방은 손도 못 대게 하면서 치우지도 않고, 쯧쯧 아이라도 저보다는 낫겠다. 영자 할매는 재빨리 주방으로 가 가스 불 켜고 된장국을 데운다. 밥상 덮은 신문지도 얼른 치운다. 전기밥솥의 밥을 고봉으로 퍼담는데 광수가 욕 한 바가지 얻어먹은 듯 오만상을 찌푸리며 잠옷 바람으로 식탁에 앉는다. 집에선 만날 잠옷이다. 김치, 무김치, 깻잎, 구운 고등어, 김이 놓인 식탁에 보글보글 끓는 된장 뚝배기를 놓았다

"밥 먹으려 해도 찍어 먹을 게 없네. 저리 비키소, 라면이

나 끓여 밥 말아 먹든지."

"라면 저기 있다. 밥 묵고 반찬 냉장고에 넣어야 된다."

"제기랄! 기름 아낀다고 보일러 생전 안 틀지. 큰아들이나 딸내미 와야 켜지."

"비싼 기름값 누가 내겠노. 야야, 나는 경로당 간다."

영자 할매는 재빨리 회색 털바지와 밤색 패딩 외투로 갈아입고 현관을 나선다.

광수는 핸드폰에 눈을 꽂고 라면에 밥 말아 먹을 것이다. 그리곤 담배를 물고 커피믹스를 마시며 느긋하게 티비 볼 것이다, 그리고 광수 손에 짝지처럼 붙어있는 핸드폰은 광수 장난감 아닌가. 오후 4시~5시에 점심인지 저녁이지 먹고는 어슬렁어슬렁 나가 밤늦게 들어온다. 아들이 도대체 어디 가서 뭘 하며 노는지 할매는 모른다. 그래도 종일 누워있는 것보다 아들이 나가는 게 영자 할매 속이 편하다.

실내가 널찍한 경로당에는 70대 80대 90대 할머니들이 다 모인다. 할머니들은 집에서 뜨끈한 누룽지 숭늉으로 아침을 대신하거나 식빵에 두유를 곁들여 삶은 달걀과 과일을 먹고 온다고 한다. 여름에는 에어컨과 선풍기, 겨울에는 보일러를 종일 빵빵하게 틀어 따뜻한 경로당에 부근의 할머니들이 다 모이는데 아침만 집에서 대강 먹고 점심 저녁은 경로당에서 밥해 먹으며 누웠다 앉았다 종일 경로당에서 논다. 간식거리도 이어졌다. 누구네 제사 지내고 떡, 부침개, 과일, 식혜가 들어왔고, 대처 자식들 부모 집에 다녀가면서 과자며 유제품, 두유 박스도 경로당에 넣어주고 갔다. 경로당 할배들 거처는 옆방에 따로 있고, 너른 거실과 주방은 회원이 많은 할머니들 차지다. 십 원짜리 고스톱도 치고 고스톱 못 치는 할머니들은 민화투를 친다. 할머니들은 티비 드라마를 채널 돌려가며 다 보고 미스트, 미스트롯을 즐겨본다. 남의 애기 내 애기도 그치지 않는다. 별명이 안테나 경자 할머니.

"덕자 성님 큰며느리, 이번에 쌍둥이 아들 낳았다네. 위에 아들 둘 있는데 쌍둥이 보태어 손자가 넷이라 오 부자라 카더라."

"쌍둥이 손자면 알라 봐주러 가야겠네. 어휴 쌍둥이라 욕 좀 보겠는데!"

"덕자 성님 무릎 아파 비실대자 친정엄마 불렀다네. 잘됐지 뭐."

"요즘은 손주 구경 못 하는 집도 있는데 그 집은 경사 났네그려."

"위에 아들 둘 있으면 요번에는 딸이면 더 좋을 낀데."

"하기야 우리 동네 봐도 요새는 딸자식이 부모한테 더 잘하더라."

"쯧쯧, 부모 애만 안 먹여도 고맙지. 나이 처먹어도 시집 장가 안 가고 죽치고 있으믄 늙은 부모 속 터져 죽는다니까."

같은 연립에 사는 귀자 할머니 하소연은 다들 예사로 듣는다. 결혼 못 한 노총각 노처녀가 어디 한둘인가.

"영자 성님은 아들 장가 소식 없나유? 쉰 넘기면 환갑 금방이여?"

남 아픈데 잘 건드리는 경자 씨 오늘도 한마디 쑤신다. 천 씨가 냉큼 받는다.

"돈벌이해야 장가를 가지. 백수에 어느 각시가 오겠노? 둘이 입 봉하고 살 거여?"

"동남아 아가씨도 데려오려면 돈 많이 든다 카더라. 저 돈 벌어놓은 것 없고 영자 성님 돈 있으면 막내 벌써 장가보냈지 여태 있나."

"큰아들하고 딸이 잘 산다면서. 서로 조금씩 보태어 쉰 넘은 동생 장가는 보내야지. 남의 집 불구경하듯 구경만 할

건가? 내 형제인데."

"신랑감이 돈을 잘 벌어야 여자가 시집을 오지 돈 못 벌면 과부도 안 온다."

영자 할매는 이런 말 때문에 경로당 오기가 사실 힘들었다. 그러나 경로당 아니면 놀러 갈 곳도 없고 한 끼 밥 얻어먹을 때도 없다. 집에 있으면 하루가 너무도 지겹다.

"봐라, 아우님들 그런 말 고만 하소. 자식 장가보내기 싫어 안 보내고 직장 못 다니게 막는 부모가 어딨노. 어쩔 거여. 집집이 애먹이는 자식 하나는 있다니까."

영자 할매 돌아앉아 눈물 한 옴큼 꿀떡 삼킨다. 비수가 가슴을 스친다.

며칠 전 마을 여자 통장이 말했다.

"할매 혼자 살면 노인복지로 나오는 게 많은데, 나이 젊은 아들 같이 있으니 잘 안 돼요. 내가 사정이야 잘 알지만도."

통장은 가끔 두루마리 휴지와 식용유, 떡국, 나눔 김치 등을 챙겨다 주었다. 그날 저녁 점심인지 저녁인지 퍼먹고 나가는 광수를 붙잡았다.

"광수야, 정신 차리고 어디라도 일 좀 댕기라. 그래야 니 장가간다고 다들 그러더라. 팽팽 놀고 있는데 누가 중매서고 어떤 색시가 시집 오것냐. 니도 이쁜 색시 얻고 물고 빨 새끼도 안고 싶지. 이 어미도 니 장가가는 것 봐야 눈감고 죽겠다"

"나 참, 씨알도 안 먹히는 소리 작작 하지, 누구 속 뒤집히 는 꼴 보고 싶소?"

광수는 불같이 화를 내며 할매를 노려보다 현관문을 박차고 나가버렸다.

대구 사는 큰아들 광재 부부가 왔다. 아들은 두유며 과일 꾸러미를 들고 며느리는 반찬 보자기를 들었다. 큰아들은 남매를 두었는데 고3, 고1 학년이라 학원비가 수월찮게 들어가는 모양이다. 큰아들은 처음부터 빈손으로 시작한지라 며느리는 이제껏 맞벌이하여 2년 년 전 30평 아파트를 장만했다. 영자 할매는 부리나케 광수를 깨웠다. 광수는 이불을 둘둘 감고 한밤중이다.

"야야! 너 형님 형수 왔다. 얼른 일어나거라!"

"왜 이래. 형님 오면 온 거지, 내가 어쩌라고?"

"이놈아, 형님 왔는데 가만히 누워있냐? 인사라도 하고 들어가든지."

"아따, 노인네가 반겨 줬으면 됐지, 나까지 반기라고? 별소리 다 하네."

겨우 일어난 광수가 부스스한 꼴로 거실로 나와 저 형님 보고 끄떡 인사만 한다.

"왔소."

하고는 형수 옷차림을 위에서 아래로 스캔하듯 쓱 훑어 내리자, 며느리가 싱크대로 가 버린다. 결혼하고 처음에는 잘 지내던 형수 시동생 사이였는데 언젠가부터 틀어져 버렸다.

"넌 지금 시계가 몇 신데?"

"새삼 뭘 그래. 놀고 싶어 놀아? 일할 데가 없는데 어쩌라고?"

"일할 데, 무슨 일이든 해야지. 너 잡비라도 벌어 써야지."

"형이라고 나한테 뭐 해준 게 있다고 그래? 잔소리하러 집에 올 거면 제발 오지 마! 얼굴 안 보는 게 백번 낫지."

"이놈아 뭐라고 하노? 니가 뭔데 니 형님 오지 마라 하는데. 여긴 내 집이다. 내 이름으로 된 내 집이다. 고얀 놈! 나 가려면 니가 나가거라!

할매가 광수 등짝을 후려친다. 하지만 때리는 흉내만 낼 뿐 헛손질이다.

"이 자식이 말이면 다 하는 줄 알아? 옛날에 치킨집 한다고 사정해서 자금 대 줬더니 반년도 못 버티고 손 털고서. 너, 부자 친구 음주운전 돈 받고 대신 덮어쓰고 들어가 식구들 복장 터지게 하고선 뭐가 어째?"

"씨발! 옛날 옛적 얘기 아직 써먹고 있네. 형이라고 동생 용돈을 대줬냐? 옷 한 벌 사줬냐? 한 게 뭐 있다고?"

"너 나이가 몇인데 용돈 타령이야? 어린애야? 옷 사주게. 나는 내 새끼들 공부시키기도 버겁다. 야, 내가 너한테 빚졌냐? 내가 빚쟁이야?"

"그럼 입 닫고 가만있던지. 나는 맘 편한 줄 알아? 집에만 오면 잠만 자냐, 왜 만날 노냐? 내 처지 언제 생각해 본 적 있어? 내가 무슨 재미로 살아? 저 노친네 제발 데려가라고. 맨날 잔소리에 거치적거리거든. 나 혼자 잘 먹고 잘 살 테니까."

"아이구 이놈아! 내가 어디를 가? 죽을 때까지 내 집에서 살끼다."

"야, 이 자식아! 나가도 네가 나가야지. 왜 엄마더러 나가라고 해? 팔순 노모 밥 얻어먹고 붙어사는 주제에!"

두 아들이 거실에서 험상궂게 노려보고 서 있으니, 영자 할매 어쩔 줄 모른다. 용한 큰아들이 화가 많이 났으니 이 일을 어찌하누.

"여보 나왓! 가자고, 속에 열불 터져 못 있겠다!"

큰아들은 선걸음에 현관으로 나섰다. 며느리가 따라나선다.

"어머니, 저기 반찬 좀 해놨어요. 과일도 드시고요."

영자 할매 죽을상이다. 며느리 손을 잡고 애걸을 한다.

"이게 무슨 난리냐? 내가 죽어야 이 꼴 저 꼴 안 보지. 큰애야, 선주 어미야 이렇게 가면 우짜노! 점심밥이라도 묵고 가야지."

"그냥 있다가는 저 자식하고 싸움 대판 날 것 같소. 내가 가버려야지."

광수는 저 방문 탕 닫고 들어가고 큰아들은 기어이 현관 문을 나선다.

"애들이 왜 이런다야? 내가 그만 죽어야지!"

영자 할매 두 눈에 뜨거운 눈물이 고인다. 목이 메어 말을 잇지 못한다.

오늘은 영자 할매 여든다섯 생신이다. 아들딸 직장 다니는지라 생신날을 당겨 일요일 점심때 하였다. 큰아들 부부가 오고 딸 부부가 왔다. 딸은 두유 휴지 식용유 설탕 세제 등 생필품을 차 트렁크에 잔뜩 싣고 왔다. 딸이 친정 올 때마다 사 오는 생필품이다. 이번에도 딸이 외식하자고 일주일 전부터 졸랐으나 영자 할매가 완강히 반대하였다. 큰아들도 애들을 데려오지 않았다. 고등학생이기도 하고 용돈 걱정할 어머니 사정을 생각해서다. 큰상을 펴고 여섯 식구가 둘러앉았다. 케이크에 불 켜고 축하 노래도 불렀다. 오랜만에 영자 할매 얼굴에 화색이 돌았다.

"애들아, 나는 집에서 밥 먹는 게 제일 편하고 좋더라. 낯선 식당 가서 밥 묵으며 체할라 하고 그냥 거북하더라."

딸과 며느리는 알고 있다. 집에서 식사하면 며느리와 딸이 준비해온 음식으로 가족 실컷 먹고도 남아, 일주일은 작은아들 반찬 걱정 없어 그런다는 걸 알고 있다. 양념갈비를 가위로 잘게 썰어 이빨 부실한 엄마 앞에 놓는 딸 광주. 노릇하게 잘 구운 조기 뼈 바르고 잡채 잘게 썰어 시어머니 앞에 놓아주는 며느리. 영자 할매, 소고기미역국에 팥밥 말아 맛나게 드신다. 광수도 갖가지 맛난 음식에 코를 박고 먹고 있다.

"참, 이 집이 너무 오래되어 자꾸 여기저기 탈이 난다. 저번 비에 보일러실 물이 새던데 우짜믄 좋겠노? 걱정이다."

"하긴 이 연립주택 얼마나 오래됐어? 나 초등학교 때 입주했잖아. 남의 집만 살다 그땐 너무 좋아 방방 뛰었지. 방 두 칸, 거실, 집안에 화장실 딸린 집이 너무너무 좋아 친구한테 자랑했지. 참 오래 살았네. 엄마, 여긴 재건축 말 없어?"

"가다 오다 재건축 말 있긴 하더라만 하자 세월이다. 재건축 하믄 큰돈 내야 한다니 늙은이들은 다 반대하지. 나는 그냥 죽을 때꺼정 여기 엎어져 살란다."

광주가 한마디 한다.

"비 새면 고쳐가며 살아야지. 야, 광수 네가 고쳐야지."

"내가 왜? 내 집도 아닌데."

"애 봐라, 너 이 집에 살잖아. 겨우 그것도 못 하냐?"

"그러니 이 집 그만 팔아야지. 너무 낡아빠져 자꾸 탈 난다니까."

"팔면? 이 헌 집 팔아 새집이라도 사냐? 엄마는 어디 가고?"

"형 집에 가야지."

"저 자식 또 그 말 한다. 집은 왜 팔아? 턱도 없다."

"나한테 이 집 넘기던지, 아니면 집수리비 대주던지. 결정

하라고."

"야, 남광수! 뭐, 이 집을 넘기라고? 누워서 팔십 노모 밥 받아먹는 주제에 집까지 넘보냐? 간덩이가 부었네."

"출가외인이 어째 말이 많네. 썩 꺼지라고?"

"만날 백수 주제에 엄마 기초연금도 다 빼먹고, 엄마는 주머니에 돈 한 푼 없이 살고. 너는 누워서 밥 받아먹고. 참 잘하는 짓이다!"

영자 할매 밥 먹다 울상이다.

"니는 오랜만에 친정 와서 와 시끄럽게 하노? 내가 빨리 죽어야 이 꼴 저 꼴 안 볼낀데!"

광수가 숟가락 탁 던지고 발딱 일어나 빽 소리친다.

"뭐 형님 누나? 하나 있는 동생이 오십이 넘도록 장가를 못 가도 본체만체하지. 집에만 오면 맨날 한다는 소리가 왜 일 안 갔냐? 몇 신데 누워 있냐, 온갖 잔소리 다 하고서. 내가 누워 있고 싶어 누웠냐? 돈 벌기 싫어 안 버냐고? 나한테 해준 게 뭐 있냐고? 더럽게 난리야."

"야 남광수, 누군 입이 없어 가만있냐? 치킨집 차렸다 때려 엎고 오토바이 사고 내고, 일한다고 중고 트럭 사 교통사고 내어 폐차시키고, 우리한테 미안하지도 않냐?"

"흥 미안? 내가 수틀리며 개미 코 같은 집구석에 불 확 질러 버릴끼다!"

꽥 소리치곤 현관문 쾅 닫고 나가버리는 광수. 다들 어안이 벙벙하여 입을 다물었다.

"원수야 원수! 이래서 집에 오기 싫다니까. 이날까지 보험 하느라 발에 물집 생기게 뛰어도 근근이 사는데 저 자식은······!"

"처남이 점점 막 나가고 심성이 나빠지는 것 같은데 큰일이네."

"저 자식이 누구를 원망해? 입만 살아서."

"오래간만에 먹을 것도 많은데, 니는 광수 밥이나 맛나게 묵게 가만두지 몰아붙여 애 나가게 만들고 저도 마음대로 안 되니까 저리 있는데. 용돈은 벌어 쓰제."

광자가 화가 나 소리쳤다.

"엄마, 광수 캥거루족이야. 광수 자꾸 끼면 안 된다니까. 배달을 하든 편의점에 한나절이라도 일해야지 밤낮 누워 노는 게 문제란 말이야. 우리가 용돈 드리고 가면, 저 자식한테 다 뺏긴다며? 용돈 하나도 간수 못하우?"

"이것저것 밀린 것 낸다고 가져가지, 뺏어가는 건 아니여."

"저 자식 갈수록 태산이네. 집 넘기라니 또 빚지고 있는 거 아닐까?"

광수가 불렀다.
"엄마 통장 어딨어? 은행 갔다 올게."
"통장이야 서랍장 맨날 있는 그 자리 있지. 은행에는 왜 간다냐?"
"관리비 가스요금 핸드폰 등 낼 게 좀 많아. 귀찮게."
"이달도 다 갔네그려. 야야, 동티날라 밤에 너무 늦게 다니지 말아라."

영자 할매 은행에 안 간 지도 이십 년도 넘었다. 광수와 같이 살고는 은행에 한 번도 가지 않았다. 남들 다 있는 핸드폰도 없다. 전에 딸이 폴드폰 사주며 가르쳐 주었는데 잘 사용하지 못하자 광수가 날름 가져가 1년인가 쓰다 버리고 새 핸드폰을 샀다. 경로당에서 사람들이 노령연금 나오고 뭐도 나온다고 하였지만, 영자 할매는 구경도 못 했다. 광수는 항상 낼 돈도 모자란다고 툴툴거렸다. 어쩌다 반찬값 조금 줄 뿐이다. 할매는 며느리와 딸이 사주는 옷과 용돈으로 근근이 살았다. 여간 아파도 병원에 못 가고 끙끙거렸다. 재종동서한테서 오랜만에 전화가 왔다.

"형님 잘 계시우? 건강은 어떠십니꺼? 형님 본지도 오래 됐심더. 우리 동철이 결혼할라고 날 잡았심더. 내년 봄 우리 손자 장가갈 때 꼭 오시어 이바구도 하고 놀다 가시소. 그리고 우리 하우스 딸기밭에 일손 딸려 그러는데, 광수 놀면 삼랑진 올려보내소. 하루 인건비가 십만 원도 넘어요. 동남아 사람 델꼬 일하는데 하우스 많다 보니 광호는 바빠 밥 먹을 시간도 없지라. 우리 집에서 묵고 자면 돈 많이 벌지요. 저만 부지런하면."

광호는 처음 딸기 하우스 2동으로 시작하여 이젠 몇천 평 하우스에 깻잎이며 갖가지 채소까지 길러 큰 부자가 된 농민이다. 광수에게 얘기했다. 광수는 고개를 흔들었다.

"지지난해 작은 집 하우스에서 일해봤잖아. 하우스 안이 얼마나 덥던지 땀이 비처럼 줄줄 흘러서 삼복더위 저리 가라더라. 내가 왜 개고생을 해?"

"니 돈도 궁색한데 몇 달이라도 벌어 쓰면 좋을낀데 그러냐?"

"내가 뭐 돈, 돈, 조르는 마누라가 있나, 과자 사달라 조르는 새끼가 있나, 돈 벌어 얻다 쓰게?"

'쯧쯧 징하게 게으르지. 담배 술값 밥값 라면은 어디 누가 공짜로 대주던?'

며칠 전부터 광수가 부쩍부쩍 조르고 있다. 집 등기 내놓으라고. 말이 되는 소린가? 턱도 없지. 광수가 연립주택 등기필증을 찾고 있다. 영자 할매는 딱 잡아뗐다.

"내가 정신이 오락가락해서 어디 두었는지, 모른다. 너 형님 주었는지 모리겠다. 그런데 그거는 니가 왜 찾는데? 그만 찾거라."

"아니 그걸 왜 형한테 주었는데? 같이 사는 나한테 맡겨야지. 희한한 노친네여. 맘속에는 큰아들뿐이지. 씨발 찾기만 해봐라. 내가 가만두나!"

영자 할매가 경로당에 가고 난 뒤 광수는 집안을 뒤지기 시작했다. 방 2 주방 딸린 거실, 화장실 천장에 빨래걸이가 걸려있고 바닥에는 아주 오래된 간장 된장 항아리와 초라한 화분 세 개가 놓여있는 베란다가 전부인 22평 연립주택이다. 안방의 오래된 나무 장롱 5단 서랍장을 홀딱 뒤집어도 안 보인다. 앉은뱅이 작은 화장대는 보나 마나다. 주방 싱크대 서랍에도 서류는 보이지 않는다. 대체 노인네가 좁은 집 어디에 숨겼는지 없다.

이 할매가 연립주택 등기 진짜로 큰아들 준 거 아니야? 환장하겠네.

오늘은 무슨 신통한 일이 있는지 광수가 일찍 일어나 샤워하고 난리다. 아침밥도 반찬 타박 없이 시래깃국에 밥 말아 후딱 먹었다. 오늘 뭐 좋은 일 있을까? 제발 한나절 하는 일이라도 댕기면 얼매나 좋을꼬! 말쑥하게 차려입고 방에서 나와 현관에서 오랜만에 까만 구두를 꺼내 침 퉤퉤! 뱉어가며 닦고 있다. 영자 할매 따라 나와 보니 현관 앞에 색이 바랜 누런 종이봉투가 있었다.

"야야, 광수야 이기 뭐꼬?'

"보소, 거기 와 손대는데? 보면 아는가? 기역니은도 모르면서. 이리 주소!"

"내가 글은 몰라도 이거는 안다. 집문서 니가 와 갖고 있는데? 이놈아?"

할매가 얼른 봉투를 가슴팍에 끌어안았다.

"등기필증 내놓으라고 그렇게 졸라도 모른다, 모른다 하더니 딴말하네."

구두를 신은 광수가 저 엄마를 짚단 밀 듯 옆으로 밀어버리자 영자 할매 뒤로 발라당 넘어졌다. 가슴에 끌어안았던 누런 봉투가 바닥에 떨어지자 광수는 어린애 손에 든 사탕 채가듯 봉투를 홱 손아귀에 쥐고 현관을 나섰다. 영자 할매 헉헉대며 몸을 일으켜 복도로 따라 나갔다. 광수가 휘휘 휘파람을 불며 가고 있다.

"광수야! 내 말 듣고 가거라! 광수야 그거는 내 장례비다. 날 주고 가거라!"

소란스러운 소리에 연립주택 이웃들이 현관문을 열고 삐쭉삐쭉 내다본다.

광수는 좁은 복도를 지나 다다닥 1층 계단을 뛰어 내려갔다. 영자 할매 급하게 광수 쫓아가다 복도에 철퍼덕 쓰러졌다.

"아이고! 할매 쓰러졌다! 큰일 났네. 누가 할매 아들 좀 잡아라!"

"막 뛰어가던데 우째 잡노?"

"할매! 할매요? 정신 차리소! 112 불러라! 아니 119 퍼뜩 오라캐라!"

"엄마야, 이 할매 숨넘어간다! 이 일을 우짜노!"

이웃들이 우르르 들여다보는데 얼굴이 백지장처럼 하얀 영자 할매, 겨우 입을 우물거린다.

"그거, 그거, 내 집문서!"
"할매가 뭐라 하냐? 하나도 안 들리네. 할매, 크게 말해보소!"
"헉! 헉! 집 문 서!"
영자 할매 갈 길은 바쁜데 거러렁 거러렁 들숨 날숨이다.
아직 119는 오지 않고 있는데…….

이웃집 여자

"어머나 선생님 이제 오세요. 얼굴 다 잊어먹겠네요. 호호"
시골집 대문 앞에 차를 대자 흰 바지 갈색 바바리 차림의 여자가 다가서면 반기는지라 나는 조금 머쓱했다. 얼핏 봐도 시골 사람 같지 않은 얼굴이 예쁜 여자였다. 남편이 차창을 내리며 반갑게 인사를 했다.
"잘 지내시지요? 어디 가시는 길인가 봅니다."
"오늘 장날이라 장에 가보려고요. 사모님도 오셨네요. 안녕하세요?"
"아 네. 안녕하세요."
초면인데 여자는 내게까지 인사하고 바람에 스카프를 날리며 도로로 내려갔다. 버스정류장으로 가는듯했다. 나는 차에서 먼저 내려 키로 철제펜스 대문을 활짝 열었다. 남편은 천천히 차를 몰아 집 마당으로 들였다. 하양리 시골집이다. 남편은 큰 문은 닫고 출입문만 열어두었다.

"쯧쯧 한 달 비웠다고 그새 잡초들 자란 것 봐!"

"그런데 그 여자는 나보고 왜 사모님이래? 당신 경력을 다 말한 거야?"

"말은 무슨 말. 경로당에서 다들 선생님이라 부르니 그러겠지."

남편은 작업복 갈아입기 바빠 현관문부터 열고 들어가고 나는 차 트렁크를 열어 크고 작은 짐들을 꺼내었다. 매끼 일용할 양식과 과자와 유제품들이다. 문득 저번에 시골집서 온 남편이 했던 말이 생각났다.

"빈집이던 우리 뒤 뒷집 학동 할머니 집에 어떤 여자가 이사 왔어."

"할머니 돌아가시고 내내 비어있더니 집 산 걸까? 헌 집이라 손 봐야 할 텐데."

"안방하고 마루 부엌 보일러만 고친다 했어. 할머니 친척이라던가. 그 여자 성격이 당신하고 정 반대겠어."

"뭐, 나하고 정반대라고? 당신이 그걸 어떻게 알아? 희한하네."

"척 봐도 그렇게 보였어."

"정반대? 뭐가 정반대라는 거지?"

"그냥 보기에 정반대로 보였어. 싹싹하고 친절하고 뭐 그런 거."

"아니 그 여자가 왜 당신한테 친절하고 싹싹해? 이사 온 낯선 여자가."

내가 이해되지 않아 눈을 치뜨자 남편은 씩 웃으며 넘겨 버렸다.

얼굴이 예쁘고 몸매가 날씬한 여자가 우리 집에 잘 들렀다. 그녀는 프릴이 달린 블라우스나 몸에 딱 붙는 V형 빨강, 검은색 티를 입고 카디건에 긴 치마를 잘 입었다. 가끔 동장님이나 찾아오는 우리 집을 자주 찾아주는 손님이었다. 그녀가 오면 거실에서 견과류나 쿠키를 내고 따뜻한 보이차나 커피를 같이 마셨다. 수연 씨는 차보다 커피를 좋아했다. 나는 사람을 금방 잘 사귀지 못하는 성격이라 초면에 낯설던 여자가 자주 보니 조금씩 익숙해져 갔다.

"진주가 고향이고요. 서울에 살다 어쩌다 이곳까지 왔어요. 김수연이에요."

"서울 살다 여기선 너무 심심하겠는데요. 나는 손정은, 이웃이니 잘 지내봐요."

"사모님이 이곳에 좀 오래 계시면 좋을 텐데, 경로당에 전부 할머니들이라 대화할 사람 없어 정말 심심했는데. 저기 제가 언니라고 부르면 안 될까요?"

　목소리도 정감 있고 싹싹하게 말도 잘하고 옷도 잘 입고 얼굴도 예쁜 그녀가 갑자기 훅 들어왔다. 그 후로 그녀는 우리 집에 더 자주 놀러 와 나와 마당의 흔들의자에 앉아 놀기도 하였다. 그녀가 화투를 가져와 셋이서 고스톱도 쳤는데 수연 씨가 너무 잘했다. 신기하게 패가 딱딱 맞았다. 아무튼 그녀는 하양 동네에서 우리와 제일 가까운 이웃이 되어갔다. 그러나 나는 수연씨 집에는 한 번도 가본 적이 없었다. 가자고 말한 적이 없었으니까.

　수연 씨는 10년 전에 바람잡이 남편과 이혼하고 고명딸은 뉴질랜드에 어학연수 갔다 직장 얻어 그곳에 눌러앉았다고 했다. 그녀는 나이가 55세라고 했는데 실제 나이보다 훨씬 동안이었다. 쉰 살보다 젊게 보였다. 어쨌든 그날부터 나는 그 여자의 언니가 되고 남편은 그 여자의 형부가 되어버렸다. 남편은 웬 처제? 하고 웃었다. 호박죽 끓였다고 오라는 전갈에 간 경로당에서 그녀가 언니, 형부하고 부르니 마을 어르신들도 그렇게 알았다.

　남편은 봄이라 요즘 시골집에서 (남편은 전원주택 함) 많이 지내고 있다. 부산서 1시간 걸리는 거리다. 겨울 지나고 3월부터 집 뒤 텃밭 돌보기도 하지만 하양에서 때론 한 달 있기도 했다. 애들과 식사 약속과 병원 갈 일과 모임, 지인 자녀 결혼식, 아니면 부고 연락에 장례식장 가기 위해 부산에 왔다 며칠 머물다 가기도 했다. 나는 하양에 일주일 정도 있다 부산으로 내려왔다.

　남편은 일찍 퇴직 후의 로망을 가지고 있었다. 공기 좋고 경치 좋은 별장 생활을 꿈꾸었다. 아담한 별장에서 한가히 지내며 형제들과 친구 지인들 초대하여 즐겁게 쉬다 갈 수 있는 집을 원했다. 당신 형제 친구들도 초대하라고 했다. 남편은 도시 태생이다. 나는 시골에서 자랐다. 친정 부모님도 우리 7남매가 태어나고 자라난 시골 본가에서 연세가 들어도 농사를 짓고 사시다 팔순 중반 몇 달 편찮으시다 돌아가셨다. 초등학교 교장으로 퇴직한 남편은 처음에는 동기회며 등산모임 나가기 바쁘고 파크골프 나가고 독서 등 시간을 잘 보내더니 다시 별장 노래를 불렀다. 나는 시골 생활을 잘 알기에 아무리 경치가 좋아도 산속 별장은 완강하게 반대했다. 겨울에 폭설이 오거나 갑자기 아프거나 급한 일 터지면 차가 꼼짝 못 한다고 일러주자 남편은 남부지방에 언제 눈 많이 오더냐고 항의했다. 산속이 좋으면 혼자 가서 살라고 나는 절대 자연인 못한다고 완강하게 선을 그었다. 내 조건은 부산 우리 아파트에서 자동차로 1시간 이내로 다니기 가까운 곳, 병원과 약방, 식당, 중국집, 치킨집, 카페도 있는 소도시 주위여야 한다고 못을 박았다. 목욕탕도 있어야지, 현대문명의 삶이 익숙해진 사람이 산속에 처박혀 산다니 생각만 해도 열불이 났다.

"거리 멀면 우리 애들도 안 가요. 예순도 지나 낼모레 칠순인 이 나이에 산속에 처박혀 친구들 못 보고 모임에도 못 가고 뭔 재미로 살라고? 자꾸 그러면 난 편안한 실버타운 들어갈 테니 당신은 산속 별장서 잘 사시우. 난 절대로 안 가!"

나는 유년의 끔찍한 기억도 있었다. 열 살 봄날 오후 친구와 산나물 캐러 산에 올라갔다 길을 잃어 날은 어두워지고 짐승 울음은 들리고 너무 무서워 덜덜 떨기만 했다. 동네 사람들이 횃불을 들고 찾아와 엄마 품에 안겼을 때 나는 기절하고 말았다. 나는 등산도 싫어한다. 남편은 결국 별장을 포기하고 조용한 소읍 부근 하양에 촌집을 샀다. 동네 뒤 아담한 동매산이 있고 논밭이 많은 전형적인 시골이었다. 옛날에는 성성했던 집성촌 마을인데 젊은이들이 도시로 다 떠나고 마을에는 칠팔십 구십 대 할머니들이고 남자는 제일 젊은 육십 대 이장 아저씨 외에는 팔구십대 노인들이었다. 아이는커녕 젊은 사람이 없는 마을이다. 빈집이 몇 채나 되었다.

우리가 산 집은 대지가 135평 청색 슬레이트 옛날 집이라 결국 헐고 건축업자에게 맡겨 자그마한 단층집을 지었다. 방 1, 넓은 거실과 주방, 화장실이 있는 본채와 잡동사니 보관할 작은 창고가 전부다. 남편은 주방 밖에 다용도실을 만들어 식당처럼 가스 시설을 하고 기다란 원목 식탁도 놓았다. 식당만 다니던 남편 친구들 모임을 하며 설거지는 대체 누가 하려나 싶어 나는 픽 웃음이 나왔다. 집이 완성되자 남편은 자기 소지품을 차에 싣고 먼저 입주하였다. 우리는 벽난로가 있는 거실에서 생활했다. 남편은 햇빛 쏟아지는 남향집 마당에 잔디를 깔고 능소화 줄기는 담장으로 올리고 국화는 마당 가장자리에 심었다. 마당 한쪽을 차지한 오래된 감나무는 그대로 두었다. 늙은 감나무가 봄이면 새하얀 감꽃을 피우고 가을이면 빨간 홍시가 달렸는데 나무가 높아 홍시가 땅에 떨어지면 퍽, 아주 작살이 났다. 쯧쯧쯧 아까운 홍시, 남겨진 감들도 홍시가 되어 가을 내내 까치와 나누어 먹었다. 집 뒤 텃밭이 있어 손만 놀리면 우리 식생활 채소는 자급자족 되었다. 남편은 조금 남은 잔디마당에 미니 홀을 만들어 파크골프를 즐겼다. 나는 남편에게 당부하였다.

"당신 매사 조심해요. 조용해도 유심히 보는 눈들이 많으니까."

"누가 보고 안 보고 내가 별짓을 하남. 가끔 동매산 갔다 오고 채소밭 돌보고 책보다 심심하면 파크골프 치는 정도인데 뭘."

"어쨌든 동네 분들하고 잘 지내야 해요. 마을 일과 동장님 일에 협조하고."

"할아버지 몇 분 안 되고 거의 할머니들인데 경로당 회원이라고 식사오라고 불러 가끔 가기도 하지만 미안해서 자주는 안 가네요."

"경로당 갈 때 두유나 간식 사서 가끔 들고 가요. 인색하지 않게 동네 사람들과 잘 어울려야 지내기 편해요. 옛날 같으면 집성촌 텃새가 얼마나 심할 것인데."

시골집 산지 어언 삼 년 되었다. 남편은 일 년의 절반은 시골집에서 살고 겨울은 아파트에서 지냈다. 나는 봄 여름 가을에 가끔 갔는데 대개 일주일 정도 있다 부산으로 내려왔다. 돌아가신 할머니가 가꾸던 텃밭에 남편은 봄이면 씨를 뿌리고 어린 모종을 사다 심었다. 오이고추 청량초, 상추 가지와 오이 부추 깻잎 등을 심었다. 부지런히 물을 주어 무럭무럭 잘 자랐다. 두릅나물을 즐기는 남편은 밭 가장자리로 3년생 엄나무 묘목 5그루나 사다 심었는데 엄나무가 이태 뒤부터 조금씩 두릅을 달기 시작하여 이틀에 서너 개씩 통통하게 꽃핀 두릅 따서 초장에 찍어 맛있게 먹는다고 자랑했다. 고추며 오이가 잘 자라다 병들어 시들어지자 동네 할머니가 농약을 안 쳐서 죽는다고 했다. 그러나 밀짚모자 쓴 남편은 무농약 농사를 고집하며 채소의 벌레를 일일이 잡았다. 호박과 고구마 잎이 성성하게 고랑을 뻗어 나가고 호박잎은 쪄서 양념장에 쌈 싸 먹고, 늙은 큰 호박은 경로당에 가져가며 할머니들이 호박떡 호박죽 잔치를 했다. 남편은 뭐든 모르면 인터넷을 찾아 들어갔다. 우리 앞집 동촌 할머니는 아침부터 저녁까지 경로당에서 사는데 더러는 대문 앞 나무 의자에 앉아 오는 사람 가는 사람 세고 계셨다. 내가 하양에 가면 남편 출타를 다 알려주었다. 딱히 할 말이 없으니 내가 드리는 빵과 음료를 마시며 나에게 대화를 건네는 방식이다.

"저기 동생댁은 교장선생 차 타고 읍에 잘 나가더구먼. 처제랑 잘 지내요."

"네. 볼일도 보고 살 것도 있고 겸사겸사 나가나 봐요. 장날에 잘 가지요."

"어떨 때는 형부 처제가 물건도 많이 사 오더라고. 진주 띠기는 아주 편하지 뭐."

남편은 그 여자와 카페며 마트에 잘 가는 모양이다. 내가 가도 남편은 시골 오일장에는 꼭 구경하러 가자고 했다. 수연씨와 셋이 장에 가서 장 구경하며 씨앗을 사고 호미와 낫을 사고 슬리퍼와 장화도 샀다. 장날에는 사람들과 장사들로 북적였다. 난전에서 순대 떡볶이 호떡을 사 먹고 점심은 뜨끈뜨끈한 소고기국밥을 먹고 카페에서 아메리카노를 마셨다. 애들처럼 두 귀를 꽉 막고 기다려 '펑' 하는 뻥튀기도 꼭 샀다. 그런데 수연씨는 시장을 돌며 형부, 형부 부르며 곧잘 남편의 팔짱을 끼고 다녔다. 그러면 남편은 기분이 좋은지 히죽히죽 웃었다. 뒤에서 내가 째려봐도 그들은 모르고 잘도 다녔다.

목욕탕에 갔다. 남편은 남탕에 가고 나는 처음으로 수연

씨와 같이 여탕으로 갔는데 장날이라 손님이 많아 자리가 마땅찮아 우리는 조금 떨어져 앉아 씻기 시작했다. 내 옆자리 젊은 여자가 물을 철철 틀어놓고 칫솔질하고 몸 씻을 때도 여전히 대야에 물이 넘치게 두었다. 저 여자는 집에서도 저럴까. 몸을 씻고 수연씨를 돌아보니 빨래를 하고 있지 않은가. 셔츠와 속옷을 빨고 있었다. 나는 가까이 가서 낮은 소리로 말했다.

"여기서 빨래하면 어떡해? 저기 빨래 금지 스티커 붙어있는데."

"괜찮아요. 따뜻한 물에 빨면 빨래가 잘 빨려요."

나는 더 말하지 않고 수포가 보글보글 일어나는 탕으로 들어가 버렸다. 나는 보았다. 수연 씨 왼쪽 엉덩이에 피어있는 빨간 장미꽃 한 송이를.

"아 젊은 날 진한 사랑을 했었나 봐!'

그날 남편과 나는 목욕하고 나와 수연씨를 20분을 기다려 같이 왔다.

걷기운동 하느라 수연 씨 집 앞을 지나가는데 수연 씨가 마당을 쓸어 집 밖 길가로 쓰레기를 버렸다. 그리곤 빗자루를 탈탈 털었다.

"옛날 우리 할머니는 마당 쓸어 바깥에 버리면 복 나간다고 야단치셨는데."

"처음 듣는 말인데요. 요즘에 누가 그런 걸 지키나요."

"옛날 어른들은 장독대 정화수 떠 놓고 빌고, 문지방 밟지 말라 하셨지."

거짓말이 아니다. 나는 지금도 하양 집에서 마당을 쓸어 바깥으로 쓸어내지 않고 삽자루에 받아 집안으로 들고 온다. 세 살 버릇이 칠순까지 가나 보다. 수연씨는 그 뒤에도 마당을 쓸어 길가로 탈탈 털어냈다. 나는 부산서 올 때 두유나 빵을 사서 가끔 경로당에 가져갔는데 그날도 차에 모둠 빵 2통을 싣고 오다 주차를 하고 경로당에 빵 1통을 들고 가니 합천 할머니와 수연씨가 있었다. 수연씨가 두루마리 휴지를 한 손 가득 쥐고 있었다.

"진주 띠기는 만날 경로당 휴지 떼가네."

"아지매, 내가 언제 만날 떼간다고 그래요. 택배시켰는데 안 와서 그렇지."

언젠가 영천 할머니도 진주 띠기는 경로당 오면 휴지 둘둘 떼간다고 구시렁거리던 게 생각났다. 나는 집에 와 지인이 사 온 30개짜리 두루마리 휴지 한 통을 수연 씨에게 주었다.

"언니, 내일 택배 올 건데요."

남편은 처음 1년 동안은 지인과 친구들 불러 고기 파티도 하고 큰 양은솥에 토종닭을 몇 마리나 넣어 삼계탕도 하고 법석을 떨었다. 그러다 차츰 준비하는 번거로움과 먹고 난 뒤 뒷설거지에 손들었는지 남편은 내가 하양에 있을 때만 친구들을 불렀다. 내 친구들도 더러 왔지만 오일장 구경하며 주전부리하고 호박죽 팥죽 잔치국수 사 먹길 좋아했다.

텃밭의 채소는 우리가 먹고도 남았다. 남편이 이젠 모종 아닌 씨뿌린 상추가 잘 올라와 비만 오면 쑥쑥 크고 부추도 잘 자라 해물과 방아잎 넣고 부침개하고 겉절이 또는 부추김치도 만들었다. 고추도 지지대를 세워주니 키가 자라 맛있는 아삭 고추, 청량초가 달리고, 튼실한 받침대를 세워준 오이도 줄기를 뻗어 노란 오이꽃이 피었다가 초록색 몸에 작은 침이 가슬가슬한 오이가 주렁주렁 달렸다. 새파란 방아 잎들은 특유의 향기를 날리며 제 영역을 넓혀 나갔다. 오월 봄비가 간간 내리며 채소들은 신기하게 너무 잘 자랐다. 상추 고추 부추 방아를 봉지에 넣어 수연 씨에게 주니 수연 씨는 경로당에서 점심 먹고 왔다고 했다.

"이거 완전 무공해 채소야. 우리는 아예 농약 자체가 없거든."

"형부 밭에 약 안 치는 거 잘 알아요. 잘 먹을게 언니."
"경로당에 고추랑 상추 좀 갖다 드릴까? 아주 싱싱한데."
"아이고 언니 지금 집집이 채소가 넘쳐나요. 할매들이 고추 상추 호박은 집집이 심어 경로당에 채소는 먹고도 남아요."
"그래. 그럼 수연 씨 필요하면 우리 텃밭 채소 뜯어가."
"난 매일 경로당에서 밥 먹는데 나 혼자 먹으면 얼마나 먹으려고. 호호호."

일이 있어 집에 왔다. 남편 친구 문상, 조카 애 돌잔치, 숙모 병문안, 지인 딸 결혼식, 아들 식구들 방문 등 연달아 일이 생겨 우리는 보름도 지나 하양으로 왔다. 채소들 궁금하여 집 뒤 텃밭에 먼저 갔는데 깜짝 놀라고 말았다. 주렁주렁할 오이도 새끼 말고는 달린 게 없고 아삭 고추도 청양고추도 없었다. 부추도 싹 베었고 파마머리 되었을 상추도 어린 떡잎만 있었다. 샤부샤부 할 버섯이며 양배추 숙주 소고기도 사 왔는데. 고추 상추가 없으니 어이가 없었다.

"오이고추 주렁주렁 달린 줄 알았는데 상추가 왜 이래? 수연 씨가 따갔나?"
"식구도 없는데 혼자서 그걸 다 먹으려고? 누군가 손은 댔는데."

"그래도 주인 먹을 채소는 좀 두고 가져가야지. 고기는 냉동실에 넣어야겠네. 저녁에 먹을 상추도 없네."

그 뒷날 수연 씨가 들렀다.

"언니 형부 오셨어요. 부산에 오래 계셨네. 안 오시는 줄 알았어. 저기 텃밭 채소 내 친구들 와서 맛있게 삼겹살 구워 먹었는데 다들 오이고추 땡추 맛있다고 난리 났다니까. 노지 채소 용케 알고 너무 맛있다고 해서 갈 때 고추 상추 부추 나누어 주었어. 언니는 팔 것도 아니고 또 금방 쑥쑥 크니까. 호호."

"……?"

나는 도로로 난 텃밭 문에 걸개를 걸었다. 이젠 집안에서 문을 열어줘야 밭으로 들어갈 수 있다. 남편이 불평했다.

"갑자기 친구들 와서 파티하며 그럴 수도 있지. 가물면 채소도 안 되는데 올봄 비가 잦아 잘 되어 나누어 먹으라 하는구먼."

나는 밤새 마음이 편치 않아 이틀날 텃밭 걸개를 벗겨버렸다. 하양에는 주위에 묵힌 밭이 많아 부지런하면 누구라도 텃밭을 할 수 있었다. 그러나 씨앗을 사고 물 갖다 주고 잡풀을 메야 하는지라 수연 씨는 텃밭 하지 않았다. 우리도 우리 텃밭 외는 욕심 내지 않았다. 내가 노트북으로 수필 한 편 원고를 문인협회에 파일로 보내고 밖으로 나오니 남편과 수연이 마당의 평상에 있었는데 남편은 반소매 티와 러닝을 목까지 올린 상태로 엎드려 있고 수연은 남편의 등에 눈을 꽂고 살피다 손으로 남편 등짝을 탁탁 치며 깔깔 웃었다.

"형부, 머리카락도 검불도 안 보여요. 괜히 나한테 이러시는 것 아니에요?"

쯧쯧 동네 사람 보면 어쩌려고, 기침 소리를 내면서 평상으로 갔다.

"언니, 형부가 여기 가렵다고 하시는데 내가 눈 닦고 봐도 아무것도 안 보여. 형부 심심해서 장난치시는지 몰라."

남편이 옷을 내리면 미안스레 말했다.

"어, 그냥 여기가 가려운데."

"그러지 말고 들어가서 옷 갈아입어요. 아까 일하다 티끌이라도 들어갔겠지."

"언니, 경로당 할매들이 나만 보면 고스톱 치자고 졸라대는데 진종일 쳐도 돈도 안 되는 십 원짜리 고스톱에 싸움이 난다니까. 할매들은 왜 그리 잘 삐치는지 몰라. 안 하면 안 한다고 빼지고, 허리 다리 아픈데 그걸 하자고 붙잡으니 귀찮아 죽겠어."

"적당히 좀 져주고 빠지면 되지 뭘 그래."

"하긴 고스톱 치고 있으면 식사 준비나 뒷설거지 안 해도 된다니까. 호호호!"

티브이에 농가 빈집에 도둑이 들어 말린 고추를 다 들고 갔다는 뉴스가 나왔다.

"아, 미친 인간들, 노인들이 땀 흘려 키우고 따서 말린 고추 자루 몽땅 털어간 도둑놈들은 정말 잡아야 하는데 어떻게 해?"

"한적한 시골 동네 돌며 콩이니 마늘 고추 훔쳐 가는 도둑놈들 기승이니, 지자체서 마을 몇 군데 방범 CCTV라도 달던지 뭔 대책을 세워야지."

"세입자 피맺힌 전세금 떼먹는 도둑놈들, 나쁜 혓바닥 놀려 거금 털어가는 보이스피싱범, 생사람 죽이고 고작 이만 원, 오만 원 훔치는 살인자는 정말 평생을 벌 받았으면 좋겠어."

왜 나는 이런 뉴스에 더 분개할까?

우리 부부가 오랜만에 부산 아파트에 좀 오래 있었다. 남편이나 나나 이런저런 참석할 연말 모임도 있고 겨울이라 따뜻한 아파트에 지내고 싶었다. 남편도 영하 기온에 시골 집에 혼자 지낼 엄두가 안 나는지 갈 생각을 안 했다. 설령 해서 밥해 먹기가 귀찮다고 했다. 겨울지나 3월, 남편은 상추 쑥갓 시금치 들깨 등 씨앗을 사서 챙기고 나는 부식과 간식을 준비하여 하양으로 출발했다. 우리가 도착하고 차 소리를 들었는지 수연 씨가 왔다. 내가 먼저 내려 키로 철제 펜스 대문을 활짝 열었다. 남편은 천천히 집 마당으로 차를 넣었다.

"아니 도둑 들며 어쩌려고 집을 오래 비워요? 내가 들며 날며 언니 집 지키긴 했지만."

"고마워. 빈집에 가져갈 게 뭐 있나? 나는 추위 타서 다시 부산 내려갈 거야."

"언니, 나도 추위 타는데 나 좀 데려가면 안 되우?"

"수연 씨는 종일 따뜻한 동네 경로당에서 삼시 세끼 따뜻한 밥 얻어먹고 고스톱도 치고 할머니들 대환영인데 수연 씨 빼돌리면 할머니들한테 야단맞으라고."

"온종일 할매들 상대하려니 어휴 싫증 나 죽겠어. 말이 통하는 사람이 있나, 맘 통하는 사람도 있나 친구도 없고 정말 답답하다니까. 휙 바람 쐬고 싶은데 형부도 안 계시니 카페도 못 가고."

"수연 씨 바람이 산들하니 거실로 들어가자. 난롯불 올리고 따끈한 커피 마시자."

"나 일 있어 나가는 길요. 이거 내가 막도장 하나 팠는데 형부 언니 이름으로."

"그게 뭔 말이야? 우리 도장을 파다니?"

수연 씨가 들고 있던 가방을 열고 뒤지더니 정말 조그만 막도장 두 개를 내게 주었다. 조잡하게 만들어진 나무 도장에는 한글로 한기원, 손정은, 도장에는 빨간 인주가 아주 선명하게 묻어있었다. 이건 어디에 찍었다는 표시가 아닌가. 어이가 없었다. 내 안색이 변하는지 그녀가 변명했다.

"별거 아닌데 언니는 없고 급히 쓰려니 그랬어. 막도장이라 한번 쓰고 버리려다 언니가 시골에서 혹 쓸 일 있을까 싶어 드리는 건데."

"아무리 그래도 수연 씨가 왜 우리 두 사람 도장을 파 어디에 찍었는데? 핸드폰 전화라도 했어야지 급하다는 게 도대체 뭔데?"

"저기 수남 집 과수원요. 땅 주인이 갑자기 땅 판다고 해서 수남네 과일나무 나뭇값 받기 위해 증인 서는 일인데 경로당에서 동네 사람 다 도장 찍었어. 동촌 할매, 가물댁 할매, 합천 할매 다 찍었어. 나도 찍었어."
"뭐라고? 도장은 본인이 찍어야지 남이 찍는 게 어딨어? 도대체가…."
"언니 나 급한 볼일 있어요."
내 안색이 변하는지 그녀가 재빨리 대문을 빠져나갔다.
"저 여자가 선을 넘었어. 사람을 어떻게 보고 나는 저런 사람 정말 싫더라!"
나는 남편이 듣게 큰 소리로 말하고 주차하느라 활짝 열린 철제펜스 대문을 그녀가 들리게 문짝을 탕! 하고 닫아버렸다.
아직은 선들선들한 3월 바람이 내 뺨을 쓸고 설렁 지나갔다.

제사의 전설

인천 사는 큰아들이 오늘 새벽에 혼자 온 걸 보고 무슨 일이 있구나 싶었다.
"큰애야, 건이 엄마가 어디 아픈 건 아니냐? 같이 못 오고 걱정이네."
"건이 엄마 몸살감기 났어요. 저기 어머니, 이제 할아버지 할머니 기제사만 모시고 명절 제사는 그냥 넘어가면 안 돼요?"
"뭐, 뭐라하노? 명절 제사 넘어가다니, 그게 무슨 말이고?"
"건이 엄마가 명절 제사 못 오겠대요. 직장에 매여 남들 다 가는 여행도 한 번 못 가고 쉬지도 못한다고 잔소리하네요."
"제사 준비는 말짱 내가 다 하는데 못 오겠다고…."
"어머니, 이런 말 드리는 나도 정말 죄송하고 힘들어요."
오늘이 추석이다. 큰아들 말에 내가 깜짝 놀라자 아들은 민망한 듯 얼굴을 돌렸다. 하기야 명절이나 연휴에는 TV 인천공항에 가족끼리 외국 나가는 젊은이들로 바글바글하지 않던가. 큰머느리 건이 엄마는 내과병원 간호사로 일하고 있다. 나는 긴 한숨이 나왔다. 울산 사는 작은아들 며느리도 내가 제사 음식 다 한 뒤 다섯 살짜리 손녀 데리고 저녁 늦게 왔었다. 아침에 동래 사는 시동생과 조카가 왔다. 전에는 같이 오던 동서와 질부도 안 왔다. 어린애 데리고 오려니 불편하겠지. 마산 둘째 동서네는 몇 년 전부터 오지 않는다. 나는 새벽 4시에 일어나 장만한 제물을 제기에 차리고 탕수 끓이며 전기밥솥에 밥 안쳤다. 제사 모시고 장만한 음식 다 차려 식사하고 다과상 내어 과일 커피 들고는 삼촌네도 가고 작은아들네도 처가 간다고 떠났다. 큰아들은 손님 가고 제상이며 식사상 치울 동안 피곤한지 방에 쉬러 들어가더니 한참 후 나를 찾았다. 대기업에 다니는 큰아들은 명절 봉투를 건네며 건이 엄마와 애들이 제사 음식 잘 안 먹는다고 챙기지 말라고 했다.

"주위에도 우리 직장에도 설 팔월 명절 제사 안 지내는 집이 많아요. 기제사만 지낸대요. 맞벌이 직장 다니며 애들 돌보기도 바쁜데 퇴근하여 언제 제수 장만해요. 평일 제사도 사실 회사 빠지고 장거리 본가 가고 오기 힘들거든요."

"글쎄다. 내가 시집오고부터 오십여 년 모셔온 제사 하루 아침에 어떻게 끊겠냐! 아버지 어림도 없을 텐데."

남편은 뭐라고 할까? 버럭 화부터 낼까? 경상도 태생 남편은 나이가 내년이면 팔순인데도 매사 완고한지라 갑자기 명절 제사 없애자고 설득할 자신이 없다. 남편은 윗대 어른들처럼 그리고 우리처럼, 살아생전 제사 모시다 나중에 당연히 큰애에게 제사 넘겨주려 할 것이다. 무슨 큰 재산이나 물려주듯이. 실제로 제사에 남자들은 밤 깎는 일밖에 더 하는가. 아니지 제기에 담아놓은 제수 음식 큰 쟁반에 받쳐 제사상 차린다. 하나에서 열까지 전부 여자 일 아닌가. 집안 시끄러운 것보다 내가 고생 더하는 게 집구석 편하겠지. 애들 먹이려고 갈비며 갖가지 전도 부치는데 애들 안 오면, 제삿밥 올리고 생선도 부침개도 떡도 아주 간소하게 차리면 일도 없지. 제사상 상다리 휘어지게 차려도 귀신이 어디 자시고 가시던가? 나는 안방으로 들어와 드러누워 버렸다.

지난 설에는 식구들이 다 다녀갔다. 큰아들 내외와 작은아들 내외와 사랑스러운 손자 손녀들로 오랜만에 집안이 벅적거렸다. 그새 키가 훌쩍 자란 손주들 보는 재미에 사람 사는 집 같았다. 남편도 얼굴에 웃음이 가시지 않았고 과자라도 사주고 싶어 손주들을 편의점에 데리고 가기도 했다. 동서네는 딸 사위 기다린다면서 일찍 갔다. 우리 애들도 내가 붙잡아 장만한 음식 전부 다 차려 점심 일찍 먹고 떠났다. 나는 허전한 마음 달래며 제기를 닦았다. 삼십 년 전 별러서 산 제기는 흠집 하나 없이 반질반질하다. 제기 아래 (남원제기) 새긴 글자가 선명하다. 물행주로 닦고 마른행주로 깨끗이 닦는다. 남은 음식 모두 담고 크고 작은 그릇들 챙겨 넣느라 나는 녹초가 되었다. 실제로 제사 뒷설거지 일이 더 많다. 저녁 TV에 고속도로 휴게소 쓰레기통에 검정 봉지를 훌쩍훌쩍 던지고 가는 뒷모습들이 비쳤다. 방송에서 명절 쇠고 귀가하면서 휴게소 쓰레기통에 음식 봉지를 던져버리고 가는 사람들이 많다고 했다.

 "아이고 아까워라. 부모가 정성껏 장만해 사준 음식을 저렇게 버리면 안 되지. 쯧쯧!"

 "그러니 음식 많이 싸주면 저런다니까. 당신도 명절 음식 좀 줄이지. 애들 보고 직접 챙겨가라 하고."

 "많이 장만해야 많이 싸주지. 전하고 떡 생선 몇 마리 넣은걸. 손주들이 눈에 자꾸 밟히네. 애들 가고 나니 빈집이구면."

나는 갑자기 가슴이 철렁했다. 남편이 있는 거실을 나와 작은 방에서 큰며느리 핸드폰 2번 전화를 눌렀다.

"어머니 웬일이세요? 저희 잘 올라왔는데요."

"큰애야, 딴 게 아니고 내가 깜빡 잊었네. 거기 봉지에 고춧가루 참기름 들기름 깐 마늘은 따로 넣었고, 전하고 생선 모둠 떡은 신문에 싸고 넣은 검정 비닐봉지 안에 우리 건이 중학교 들어간다고 교복하고 책가방 사주라고 봉투에 백만 원 넣었는데 잘 챙겼지?"

"예? 건이 교복값을 떡 봉지에 넣었다고요? 안 주셔도 되는데 알겠어요."

어째 며느리 대답이 시원찮다. 해마다 김장 택배 보내면 퇴근하여 바로 전화하던데. 집 도착해 음식 냉장고 넣으면서 돈 봤을 터인데, 여태 한마디 없었으니 우리 큰며느리도 휴게소 쓰레기통에 봉지째 던져버린 것은 아닐까? 그럼 돈 봉투도 같이 버린 걸까? 눈앞이 캄캄하고 다리가 휘청했다.

"아이고 고추 3근 참기름 2병 들기름 2병, 근근이 모은 돈 백만 원, 저들이 준 용돈도 보태어 우리 건이 옷 사고 책가방 사주라고, 작은며느리 있어 말 못 하고 거기 넣었는데 아닐 거야. 잘 간수했겠지. 아직 미처 못 봤겠지."

나는 힘이 다 빠져 다시 그 자리에 쓰러져버렸다.

엄마는 할아버지 제삿날 한 달 전 쌀알을 골랐다. 얼금얼금한 둥근 채 얼거미에 박 바가지로 쌀을 붓고 흔들며 작은 쌀알은 빠지고 통통한 쌀알만 남았는데, 그중에 색이 이상하거나 반쪽 쌀은 다 골라내었다. 잘 고른 쌀알을 커다란 양은 다라이에 붓고 씻었는데 뜨물이 빠질 때까지 물로 행군 다음 한나절 물에 불렸다. 쌀이 떡쌀처럼 불으면 소쿠리에 부어 물을 빼고서 부엌 검정 큰솥에 물을 붓고 나무 받침대를 받치고 누런 삼베 보자기를 펴 깔고는 그 위에 물기 빠진 쌀을 부어 나무 주걱으로 고루고루 펴고는 커다란 솥뚜껑을 덮은 다음 솥 밖으로 빠진 네 조각 삼베 끝을 묶고는 불을 지피기 시작했다. 아궁이에 솔가지 불길이 활활 타오르며 장작을 얹었는데 엄마 얼굴도 빨갛게 붉어졌다. 솥뚜껑 가장자리로 모락모락 김이 나기 시작하여 차츰 하얀 안개가 펄펄 부엌을 휘감으면 엄마는 아궁이 센 불길을 잦아들게 하였다. 고소한 쌀밥 냄새가 집안에 퍼졌다. 이윽고 뜸이 지고 나면 청마루에 돗자리를 펴고 금방 쪄낸 고슬고슬한 고두밥을 널어놓으면 구수한 냄새가 온 집안에 퍼졌다. 형제들은 가며 오며 슬쩍슬쩍 고두밥을 훔쳐먹었다. 고들고들한 쌀 고두밥은 보리밥보다 훨씬 맛있었다.

"쯧쯧 어쩌나? 애들이 다 집어먹겠다. 그만 술 담가야겠구먼."

할머니와 엄마는 소매를 걷어 올리고 커다란 양은 다라이에 빻아놓은 누룩가루와 얼추 식은 고두밥을 켜켜이 고루고루 섞은 다음 다라이를 들고 갔다. 창고의 커다란 항아리에 바가지로 떠서 차곡차곡 항아리를 채우고는 길어다 놓은 맑은 샘물로 웃물을 붓고 종이 포대로 뚜껑을 덮고 새끼줄로 칭칭 감아 밀봉하고선 항아리 뚜껑을 덮고는 행주로 항아리를 깨끗이 닦았다. 어느 날 엄마가 창고의 술 항아리 밀봉을 벗기고 가만히 들여다보길래 나도 궁금해서 들여다보았다. 보글보글 올라오는 소리, 항아리 안에서 뭔가 톡톡 터지는 작은 소리가 났다. 그리고 숨을 멎게 하는 어떤 내음이 훅 나를 홀렸다.

"아이고, 벌써 술이 익네!"

술이 익는다고, 톡톡 술이 익는 이 내음이구나.

"청주 몇 병 나오겠네! 제상에 올리고 제관들 음복하시고."

엄마의 완벽한 제수 준비가 시작됨을 나는 안다. 엄마는 안방 윗목을 차지한 콩나물 숙주나물 시루에 밤에도 일어나 호롱불을 밝히고 물을 주었다. 쪽박으로 퍼준 물은 시루에 떨어져 물이 또르르 또르르 흘러내렸다. 놋 제기 들어내어 힘들게 닦고 말려둔 도라지 고사리 갖가지 나물새 준비한다. 제사장을 볼 때는 장에서 제수품 가격을 깎거니 흥정하지 않고 그대로 산다고 엄마와 숙모가 얘기하였다. 제수 음식 장만할 때는 빳빳하게 풀 먹여 다린 옷을 입고 흰 무명 앞치마를 둘렀다. 음식을 장만할 때도 절대로 먼저 음식 간을 보지 않는데도 제사 음식이 짜거나 싱겁지 않았던 것 같았다. 증조부님 조부님 제사 때마다 정성을 다하셨다. 아버지와 삼촌들은 소매가 아주 넓고 품이 크고 길이가 기다란 누런 제복을 입었다. 두건도 썼다. 밤이 아주 깊어지면 먼저 대문을 활짝 열어 정중하게 조상을 맞으셨다. 제상 양쪽 촛대에 굵은 촛불을 켜고 향을 피우고 잘 차려진 제사상 앞에 제관들이 줄을 섰다. 엄마와 숙모들이 며칠이나 정성 들여 차린 제사 음식. 북어와 꽃송이처럼 오린 문어, 꼭꼭 숨겨둔 곶감이 나오고 보기 좋은 강정, 집에서 떡메로 내리친 하얀 계피 고물 찰떡, 커다란 생선, 큼직한 배 사과. 쌀밥도 놋주발에 고봉이었다. 엿물에 참깨 뒤집어쓴 대추. 뒤주 안에 넣어둔 커다란 대봉 홍시도 제사상에 올랐다. 제복 차림새 집안 할아버지가 기다란 문종이를 펼치시고 '유세차…' 하고 근엄하게 제문을 읊기 시작하며 주위는 숨소리까지 멎었다. 큰삼촌이 술잔에 생수처럼 맑은 청주를 졸졸 따르며 아버지가 술잔을 향불 위로 세 번 돌리고 작은삼촌이 받아 제사상에 올렸다. 톡톡 익어가던 그윽한 술향기가 대청마루 끝에 선 내 코에 솔솔 풍겨왔다. 아버지는 집안 제사에 숯불에 다린 빳빳한 흰 옥양목 두루마기를, 겨울이면 밤색 기지 두루마기 입으시고 밤늦게 집에 돌아오시곤 하였다.

정임이 아버지는 아침마다 커다란 삿갓을 쓰시고 굵은 지팡이를 짚고 누런 굴관 제복 차림으로 정임이 할머니 상소에 가셨다. 날마다 아침이면 마을 앞을 지나 동네 뒷산으로 가셨다. 나는 어쩌다 골목에서 정임이 아버지 마주치며 무서워 달아났다.

"정임아, 너거 아버지는 언제까지 삿갓 쓰고 할매 산소 댕기는데?"

"우리 할매 삼년상 치를 때까지. 아침마다 상석 올리고 엄마하고 곡하신다."

"우리도 전에 울 할배 돌아가시고, 사랑채 할배 방에 빈소 차려놓고 아침마다 상주 옷 갈아입고 빈소에 밥상 올리고 아버지 엄마가 아이고! 아이고! 곡하더라. 초하루 보름날엔 삼촌 숙모들 다 오고. 산소는 너무 멀어 날마다 못 댕긴다 하더라."

"우리 서울 삼촌이 그러는데 요새 도시에서는 날마다 빈소에 밥 올리고 아이고! 아이고! 울고 하는 거 안 한다더라. 바빠서 삼년상도 못 지낸다더라."

"울 엄마도 바쁠 때는 아이고! 아이고! 몇 번 하다 모심으러 논에 가면서 나보고 빈소 밥 내리라 하고 가버린다."

"경숙아, 귀신이 정말 밥 먹냐? 빈소에 밥 만날 그냥 있던데."

"진짜다. 엄마들 힘들게 장만해서 제사 지내도 밥도 고기도 떡도 그대로 있던데."

"우리 서울 삼촌이 일 년만 빈소 모시자고 했다가 집안 할배한테 억수로 혼났다. 불효막심하다고. 나는 할매 빈소에서 과자 훔쳐 먹었는데 무서워 다신 안 먹는다."

"나도 전에 고모가 빈소에 얹어 둔 사탕 너무 먹고 싶어 훔쳐 먹었는데 진짜 무섭더라. 귀신 과자는 귀신만 먹겠지."

"귀신 과자? 아이고 무서워라!"

동네 소문이 돌았다. 이웃 동네 집성촌 종가댁 큰제사에 제상에 떡이 오르지 않아 제관들이 떡 오르길 기다리는데 사고가 났다. 떡 솥에 아무리 불을 때어도 끝내 시루떡이 익지 않자 종부가 뒷방에서 목메는 걸 며느리가 발견하여 살렸다고 했다. 그놈의 떡이 사람 죽인다고 파다하게 소문이 나고 그 후 종가댁은 제사에 떡을 올리지 않는다고 했다.

몇 년을 골골 편찮으셔 방안에 누워만 계시던 할머니가 돌아가셨다. 72세 연세라고 사람들이 "장수하셨다" 하고 호상이라고 하였다. 초상집에 밤낮 등불을 밝히고 빈소를 차리고 아버지 엄마 삼촌 숙모들 고모 고모부는 삼베옷을 입고 조문객을 맞았다. 일가친척 동네 사람들이 올 때마다 상주들은 아이고! 아이고! 슬프게 곡을 하였다. 이웃에서 상주들 먹을 녹두죽 팥죽 솥단지가 들어오고 탁주 동이와 됫병 소주 부조가 들어오고 마당에는 가마솥 밥솥 국솥이 걸렸다. 바깥마당에는 상엿집에서 상여를 모셔와 할머니 먼 길 모실 채비로 분주했다. 상두꾼이 멜 튼튼한 새끼줄을 꼬고 한지로 물들인 흰색 분홍 지화 꽃이 함박꽃처럼 부얼부얼 핀 꽃상여가 만들어졌다. 아이고! 아이고! 밤낮없는 애곡으로 상주들 목은 쉬어가고 가마솥 밥 재촉도 숨넘어 가고 국솥에 장작불 처넣기도 바쁘기 그지없는 초상집 사흘이었다.

할아버지 8남매 장남, 아버지 슬하에 7남매 둔 아버지 농사짓느라 춘하추동 흙 파며 굽은 등에 무거운 지게 벗을 날 없었다. 많은 식구 안 굶기고 사는 데 급급했던 부모님. 장날이며 갈치 고등어 사서 닷새간 할아버지 할머니 밥반찬 이어대고, 아끼고 아꼈다 제사며 명절에 친척이며 형제들 이웃에 곤궁한 티 안 내고 쌀밥에 떡에 생선에 전이며 푸짐하게 대접하였다. 우리는 흰쌀밥은 제사와 설 추석에만 먹는 밥인 줄 알고 자랐다. 부엌의 커다란 무쇠 밥솥에 그득한 보리밥, 엄마는 중앙에 조금 놓인 쌀밥은 할아버지 할머니 밥그릇에 먼저 떠 드리고 나머지 알알이 흩어지는 보리밥을 주걱으로 치대어 찰지게 섞었다. 보릿고개 넘을 때는 언덕에 논두렁에 지천인 쑥을 뜯어 쑥밥도 하고 땅에 묻어 둔 무 꺼내어 무밥도 하였다. 아버지는 형제 많고 자식 많아 챙길 일도 많아 평생 고단한 삶이었지만 그 세월을 말없이 살다 가셨다. 언젠가 본 아버지 어깨에 검붉게 움푹 파인 상처와 굽은 등은 아버지가 짊어지고 살아온 무거운 삶의 흔적이었다. 성질 급한 지아비 만나 거친 옷에 거친 밥에 아픈 몸 누일 날 없이 부대끼며 세상 구경 한번 못 하고, 사람 쉬어가는 날이 있는 줄도 모르고 동동대며 집안일 논밭일 만 하다 가신 불쌍한 우리 엄마. 아들딸 차별은 왜 그리 심하게 하셨는지 너무 서러워 나는 그렇게 살지 않으려 했는데….

결혼하고 설 추석 명절에는 모든 일 제치고 며칠 전부터 본가에 갔다.

제사 나물을 정말 많이도 장만했다. 방안에서 기른 콩나물 한 동이가 양은 다라이 가득하고 무나물 한 다라이, 고사리나물 가득, 시금치 한 다라이. 제수 생선 대소쿠리 그득했다. 명태전 파전 생선전 고구마전 등 동서들 전 부치는데 하루가 다 갔다. 그런데 그 많은 나물이며 음식들이 사나흘 손님 치르면 바닥이 났다. 설 추석 명절에는 꼭두새벽에 일어나도 늦었다. 후딱 세수하고 한복에 앞치마 두르고 부엌으로 달려갔다. 지난밤 늦게까지 준비한 제수로 제상 준비를 서둘렀다. 검정 무쇠솥 가득 밥을 안치고 알루미늄 큰솥에는 참기름 듬뿍 두르고 한 무더기 소고기와 썰어놓은 무 한 바가지 다 넣고 큰 주걱으로 볶다 물을 부어 탕국을 만들었다. 밤 대추며 명태포 문어 과일 떡 생선 과일 전 종류 5색 나물, 식혜 등을 제기에 차리노라면 옛날 부엌이라 손은 시리고 얼어 뻣뻣한 행주가 손에 쩍쩍 달라붙었다. 밥솥에 불 때랴 탕국 끓이랴 제수 차리기도 바쁜데 젖먹이가 자다 깨어 울기 시작한다. 바깥은 아직 컴컴한데 어머님은 동네 집안 어른들께 세배 다녀오라고 재촉이시다. 떡국 끓이고 강정과 부침개 담은 오븐을 들고 집을 나서면 길은 어둑하고 손은 시리고 연세 많은 종조할아버지 댁부터 찾아가 마루에서 큰절 올리고 잠시 인사드리고 집에 와 또다시 떡국 술상 차려 작은할아버지, 시삼촌, 당숙 댁 등 돌고 나면 날이 밝아왔다. 집안 동서들도 어른들께 인사 다녔는데 골목에서 새댁들끼리 마주치기도 하였다. 정작 시부모님 세배는 뒤로 미루어졌다. 제사 상차림 바쁜데 애들은 깨어나 울고불고 난리였다. 종갓집부터 차례로 제사를 지냈는데 우리 집은 두 번째였다. 남자애들은 어려도 다 제관으로 참석하였다. 제관이 많아 방에 서고, 마루에 서고, 마당에 명석을 깔고 절을 하였다. 여러 집을 돌고 나면 한나절이 넘었다. 제관들이 모이면 아침 식사 차리기가 정말 보통이 아니었다. 제관들은 아침 식사하고는 다들 산소로 가셨다.

설 초이튿날, 그리고 추석 다음 날이면 본가 사위와 딸, 손주들이 왔다. 진짜 명절은 그때부터 시작되었다. 손 서방 박 서방에 처가 온 집안 사위들까지 합세하여 윷놀이 벌어지고 고스톱에 닭서리, 며느리들은 부엌에서 술상 차리기 바쁘고 잡아 온 암탉 재바르게 장만하여 인삼 대추 찹쌀 넣은 백숙 만들어 밤참으로 대령했다. 애들 학교 가는 날이 집에 오는 날이었다. 나는 명절에 친정 간 적이 한 번도 없었다. 찾아오는 손님에 친정 갈 엄두도 못 내었던 그때 그 시절이었다.

낼 모래 수요일, 시부모님 기일이다. 몇 년 전 주위에서 부부 제사 합사한다는 소리에 처음에는 황당하여 고개를 저었는데, 옛말에 흉보다 본 본다고 우리가 그러했다. 남편은 허당한 소리라고 말도 못 하게 했지만 일도 많고 비용도 만만찮게 드는 제사, 한여름에 드는 제사는 더 힘들었다. 몇년이 지나 주위 본보고 일 년에 명절까지 3대 8번 드는 제사를 5번으로 합치니 훨씬 수월했다. 그러다 세월 흘러 증조부모 제사가 가을 시제로 넘어가니 명절 제사 합하여 3번이 되어 얼마나 수월한가. 힘들다는 말 정말 입 밖에도 내지 않았다. 주위에서 부부 제사 합사하지 않았으면 우리는 그냥 옛날처럼 지내고 있었을 것이다. 언제부터 동서들 발길이 차츰 멀어졌다. 나는 몇 번이나 시장에 들락거리며 제수 준비를 하였는데 시간 제일 많이 걸리는 전 종류 좀 사다 쓸까 했더니 남편이 반대다.

"제사에 정성이 들어가야지."

애들이 오려나 싶어 떡도 넉넉하게 맞추고 엊그제부터 생선 다듬고 제수 준비하느라 주방에 내내 서 있었더니 아픈 오른쪽 무릎이 부어올라 더 절뚝거려진다.

"며느리들 오면 좀 시키지, 다리 절면서 혼자 다 장만하려고 그러네."

"큰일 날 소리 하네. 나 시집 살던 옛날인 줄 아시우? 요새 어느 며느리가 일하러 온대요, 다 해놓고 먹고 가라 해도 안 오는데."

"일 시킬 줄 모른다는 소리는 생전 안 하지."

오후 1시 큰아들 전화가 왔다.

"어머니, 나도 건이 엄마도 직장 때문에 제사에 못 내려가겠어요."

"그래라. 매인 몸인데 못 올 수도 있지. 걱정하지 말아라."

5시 창원 사는 작은아들 전화다.

"엄마, 나도 지아 엄마도 바빠 제사 가기 어려울 것 같아요."

남편이 역정을 낸다.

"저들 형편 봐가며 조상 제사 모시는가? 이젠 일 년에 한 번 드는데 그것도 못 해? 당신이 만날 애들 역성들어주니까 저런 소리나 하지."

'이보시오, 애들 월급 받아 사는데 뭐라 하라고? 당신이 월급 대신 돈 따박 따박 준다면 모를까'

윗대 조상은 전통을 지키느라 힘들었고 후손은 지키지 못해 힘이 든다.

주위에 평생을 제사 지내며 맏며느리 노릇 하던 내 친구와 지인이 무릎 연골 수술, 허리협착증 치매 병이 깊어 요양병원 들어가니 형제들 제사 두고 티격태격 싸우다 결국 아무도 제사 모셔가지 않았다고 했다. 조상도 버리는 시대란다. 주위에 조상 제사를 아예 절에 올리거나 교회 다니며 제사 안 지내는 집이 점점 늘어난다. 특히 자식들 발목 잡는 명절 제사는 안 지내는 집이 많아졌다. 자식들 오면 소갈비 등 맛난 것 해 먹고 유명 관광지 가족여행이 대세다.

옛날에는 수명이 짧아 단명하여 못 먹고 못 입었으나 요즘은 수명이 길어 오래들 사니, 살아생전 자식들에게 용돈 받고 먹을 것 다 받아먹고 세상 구경 많이 하여 제사 안 지내도 된다고 한다.

나도 맞벌이하는 자식에게 일 많은 제사 물려주어 고생시키고 싶지 않은데 제사 1도 거들지 않는 남편은 말이 없다. 내게 주어진 책임이라 몸만 건강하면 내 나이 팔십 구십이 되어도 제사 장보고 제수 차리겠지만, 내 몸 건사하기 힘들어지고 나 먼저 죽으면 남편은 자기가 제사상 차릴까 두고 볼 일이다.

살아보니 정말 나이는 못 속인다. 시집와서 김장 50번 담그고 나니 머리는 백발에 얼굴은 주름살 많은 할머니이고 몸은 주인 말 안 듣는 고장 난 기계가 되었다. 옛날 우리 할머니, 어머니처럼 일어나도 아야! 앉아도 아야! 하던 듣기 싫던 소리가 나도 모르게 나오니 이걸 어쩌랴. 하루가 다르게 변하는 세상에 무엇을 장담하고 무엇을 약속하리.

길에서 젊은 엄마가 멋진 유모차를 밀고 가다 세워놓고 핸드폰 보고 있다.

"아가야 어디 한번 보자꾸나."

귀한 아기 보려고 유모차 들치니 빨간 리본 모자 쓴 강아지가 의젓하게 앉아있다.

"아이고 예쁜이가 타고 있네!"

사랑을 위하여

"자영이가 제일 걱정 없지. 신랑이 술 먹고 애먹이냐, 바람을 피우냐, 돈을 쓰고 돌아다니냐, 뭔 걱정 있나?"

"그래 자영이 신랑은 회사 땡 하면 집으로 직행하시지. 마누라 속 썩인 적 한 번도 없지. 전생에 나라를 구했나?"

"나는 술 때문에 정말 못 살겠다. 퇴근하고 집에 바로 오는 날은 사흘 못 가고 사람 귀찮게 연락도 없이 술친구 집으로 데려오지. 음주운전 잔소리했더니 툭하면 대리운전한다. 각서 쓰면 뭣해."

"야, 우리 남자는 티브이에 예쁜 탤런트 나와도 눈을 꽂고 이 인간 언제 또 바람날지 내가 맘을 못 놓는다."

친구들이 까르르 넘어간다. 샤부샤부 향에서 점심 식사 중이다. 잘 손질된 소고기며 갖가지 채소 가져다 맛나게 익혀 먹기도 바쁘고, 말하기도 바쁘다. 8명의 고교동기 모임이다. 홀 안은 여자 손님들로 만원이다.

"그래. 우리 신랑은 퇴근하면 집으로 직행이지. 술집에 가기를 하나, 봄바람 근처에도 간 적 없고 통장 간섭도 없지. 흠잡으려도 잡을 데 없는 남편이지."
"어머머 쟤 봐라. 누구 염장 지르냐? 너 팔불출 되고 싶어?"
웃고 난리다. 걱정도 자랑도 휙 날아간다. 맛있게 식사하고 카페서 커피 차 마시며 놀다 보니 5시가 넘었다.
"집에 안 갈 거니? 왜 이리 모두 죽치고 있을까?"
"난 지금 집에 가서 저녁밥 하기 진짜 싫다. 우리 잔치국수 먹고 가자."
은희 말에 모두 손뼉을 쳤다. 무거운 엉덩이를 털고 자리를 옮겼다.
고명이 없힌 국물 시원한 잔치국수 먹고도 다들 일어나지 않고 미적대었다.
"얘들아 왜 이리 죽치고 있냐? 시간이 7시다."
"쟤는 6~7시 되면 깝죽거리더라. 너 집에 젖먹이 키우냐."
"집에 좀 늦게 간다고 하늘 안 무너진다. 한잔하고 가자."
친구들은 어디를 가자고 의견이 분분하고 자영은 택시를 타고 집으로 왔다. 현관에 남편 구두가 있다. 7시 반이면 집에 오는 남편이다. 남편 강기호는 퇴근 시간이 시계처럼 정확

하다. 예상대로 남편은 거실 소파에서 신문을 보고 있었다. 남편은 퇴근하고 왔을 때 이내가 없는 걸 제일 싫어했다.

"저녁 금방 차릴게요."

자기 손으로 밥 한번 차려 먹으면 어디 큰일 나는가?

모임에 나가기 전 준비해둔 국을 데우고 반찬들 꺼내 후딱 상을 차렸다. 반찬이 풍성하다. 남편은 아침저녁 하루 두 끼 밥만 먹는다. 토, 일은 세끼 밥이다. 남편은 라면도 죽도 짜장도 싫어하고 매끼 정식이다. 자영은 아침에 빵과 삶은 달걀 과일을 먹고 점심을 푸짐하게 잘 먹었다. 저녁은 견과류와 영양떡 1개 요플레 먹는다. 자영은 세끼 밥만 고집하는 남편이 이해되지 않았다. 콜라텍에서 활짝 웃으며 글라스를 들고 건배를 하는 친구들 사진이 핸드폰에 줄줄이 올라왔다.

S 전기 과장인 남편은 회사 회식이 있어도 밥만 먹고 오는 사람이다. 남편은 출근도 귀가도 시계추다. 자영은 친구들이 부러웠다. 술 먹고 늦게 집에 오면 싹싹 빌고 꽃다발까지 안기며 사랑한다고 노래한다는 은희 신랑이 부럽고, 노래방 도우미하고 눈맞았다 아내한테 들킨 주애 신랑은 아내 달래느라 명품 가방에 옷까지 선물했다고 자랑했다. 다

들 아내가 좋아하는 영화관도 가고 외식도 하고, 주말이며 부부가 드라이브에 호젓한 여행도 가고 다들 재미있게 사는데, 술도 담배도 않는 말이 없는 남편하고 사는 자영은 사는 재미가 없었다.

젊은 날 친구들 부부 여행에 사정사정해서 가도 남편은 혼자 돌았다. 자기 혼자 구경하고는 입구에서 기다리고 있었다. 해외여행에서도 일행과 도무지 어울리지 않아 자영은 부부 동반 여행은 포기하고 친구들과 가니 남편 신경 안 써 너무 좋았다. 세월이 흘러 남편은 부장으로 근무하다 정년 퇴직했다. 친구들 말이 바뀌었다.

"쯧쯧! 자영아 온종일 집에서 둘이 얼굴 맞대고 어찌 사냐?"

"남자들은 한나절이래도 나가야지. 세끼 밥상 차리기도 보통 아니야."

"울 남편 퇴직하고 집순이 되니 알겠더라. 땡 하며 집, 자영이 수고 많았어."

"전생에 나라를 구했냐, 날마다 신랑 업어주라며? 이젠 내 속 알겠냐."

"그래그래. 너 마음 열 번 이해한다. 이젠 업어주지 마라."

"나가서 자기 술값이라도 벌든 취미로 뭘 배우든 한나절이라도 나가야지, 티브이만 보고 집에 있으니 마누라 나가는 것까지 간섭한다니까."

현주가 쿡쿡 웃었다.

"우리는 채널 싸움하고 각방 쓰기로 했어. 내내 뉴스 본다고 드라마 마음대로 못 보게 하잖아."

자영은 오십 대부터 각방을 썼다. 안방은 자영이 쓰고 남편은 거실 옆 큰방을 썼다. 비어 있는 아들 방이 있고 방 하나는 남편의 서재이다. 삼십 대 결혼하여 겨우 아들 민우 하나 낳았을 뿐이다. 언젠가 친한 친구 지원이

"둘째는 왜 안 가졌어? 딸 하나 낳지, 크면 친구 같은 딸이 좋은데"

'하늘을 봐야 별을 따지' 입에서 튀어나오려는 말을 자영은 꿀꺽 삼켰다.

"또 아들 낳으면? 우리 집 남자는 사랑을 몰라. 자기가 정한 룰 안에 살아. 가정이라는 선에서 한발이라도 나가면 깨진다고 기본만 충실히 지킨다고 할까."

"자영아 그건 동거야!"

지원이 눈을 둥그렇게 떴다. 아들 민우는 서울에서 대학

다니고 서울에서 직장 다니다 사내 커플 결혼하여 서울 사돈네 자주 가는 남의 아들이다. 일 년에 휴가와 명절에 다녀가는 아들 며느리다. 자영은 빈 둥지 증후군도 겪었다.

남편은 젊어서도 부부관계가 멀었다. 자영은 귀에 들은 말대로 몸에 좋다는 약도 해주고 한의원에서 비싼 한약도 지어 주었다. 오십 대부터 부부관계는 단절되었다. 남편은 밤에 화장실을 더 자주 가고 비뇨기과를 다니고 약을 먹었다. 중매 반 연애 반으로 만난 남편은 직장에서 맡은 일은 아주 충실히 하는 스타일이었다. 남편은 외아들로 내성적이고 고집이 세었다. 퇴직하고부터 종일 집에만 들앉아 있다. 책을 보고 신문을 보고 컴퓨터가 친구다. 지루하긴커녕 바쁜 모양이다. 일주일에 한 번 정도 혼자 등산을 갔는데 3시간이면 족했다. 외출은 볼 일 없으면 나가지 않았다. 자영은 별 대화도 없는 남편과 종일 같이 있는 게 너무 짜증이 나고 갑갑하여 미칠 것 같았다. 어디 일하러 다닐까? 마누라 나가는 걸 싫어하는지라 반대하겠지. 외아들이라 유산도 있었고 퇴직 연금도 있고 부부가 알뜰하게 살았기에 노후 걱정은 없었다. 남편 아침밥 차려주고 아파트 옆 공원 걷기 하고 점심밥 차려주고는 수영장 가고 마트나 시장가고 볼일을 봤다. 각방을 쓸 때 티브이 두 대를 사 남편 방과 안방에 넣었다. 드라마도 안 보는 남편이라 자영은 안방에 들어와 자신이 좋아하는 티비 프로 보는 게 훨씬 나았다.

  남편은 살면서 돈을 날리거나 한눈팔지도 않았다. 주식은 우량종목을 사서 잊은 듯 오래 묻어두었다, 십 년이 지나면 큰돈이 되었다. 남편은 큰돈만 관리하고 아내의 집안 경제는 간섭하지 않았다. 욕하거나 싸우지도 않았다. 그냥 무심했다. 예쁜 옷을 입어도 명품 가방을 사도, 머리를 하고 와도 도무지 말이 없어 자영은 자신이 머리를 박박 밀고 와도 남편이 아무 말 않을까 싶었다. 생전 사랑한다는 말도 표현도 없었다. 무뚝뚝한 남편의 천성이거니 생각도 하지만 때론 섭섭하고 자신이 여자가 아닌가 하는 미운 마음도 들었다. 그러나 자영은 무심한 남편에게서 사랑을 구걸하기 싫었다. 사랑이 거지 구걸하듯 애걸복걸할 일인가. 별거가 딴 건가. 한집에 살아도 소 닭 쳐다보듯 사니 부부인가 동거인가. 친정엄마 살아계실 때 자영이 강서방 너무 무심한 사람이라고 툴툴거리자, 6·25동란과 보릿고개 새마을 운동 시대를 살아온 엄마의 대답에 자영은 픽 웃고 말았다.

  "여자들 다 그렇게 살았니라. 부부가 오래 살다 보면 그렇지. 강서방이 밥걱정을 시키나, 돈을 벌어오라고 하나, 술로 애를 먹이나, 강서방처럼 무던한 사람도 없니라. 내 딸이 더 별나구먼."

그러나 자영은 여기저기 아픈 곳이 많았다. 언젠가부터 두통과 수면장애에 시달리고 힘이 없고 가슴이 답답했다. 병원에 다니고 약을 먹어도 그냥 그랬다.

지원이를 따라 들어간 실내가 어둑했다. 한참 만에야 사물이 어슴푸레 눈에 조금 들어왔다. 친구는 처음이 아닌 듯 남자 종업원의 인사를 받았다. 나비넥타이의 종업원이 테이블로 안내했다. 영화음악이 흐르는 실내는 고급스러웠다. 무대는 생각보다 훨씬 넓었다.

"사장님은?"

"손님과 계십니다."

가슴과 어깨 허벅지를 시원하게 드러낸 검은 드레스 여자가 테이블에 왔다.

"지원아 애 누구니?"

"애가 윤자영. 너하고 짝지도 하고 자영아, 병숙이."

병숙이 자영이 앞에 와 손을 내밀었다. 자영은 일어나 친구 손을 잡았다.

"윤자영 네가 여긴 왜 왔는데?"

"내가 데리고 왔어."

"천병숙 몰라봐서 미안해."

"미안한 것까지는 없고 귀한 걸음 했으니 있다 놀다 가렴."

 병숙은 유쾌한 웃음을 남기고 안으로 들어갔다. 곧 오렌지와 체리를 얹어 장식한 얼음을 띄운 분홍색 액체가 담긴 글라스 두 잔이 나왔다. 자영이 맛을 보니 새콤달콤한 맛이다.

"칵테일이야. 한턱내나 봐. 쟤 클라라야. 여기 사장님이야. 대단하지. 얘, 너도 춤 좀 배워라. 요즘 춤 못 추는 친구 있는 줄 아니? 기본은 알아야지."

 클라라가 테이블에 왔다. 붉은색 글라스를 들고. 그녀는 나이보다 젊어 보이는 미인이었다. 키도 훤칠하니 크고 긴 금발 머리에 화려한 목걸이 팔찌가 검은 드레스에 잘 어울렸다.

"얘가 요즘 우울증이 심하여 내가 데리고 왔다."

"너무 편안해서 생긴 병 아니고?"

 클라라가 쿡쿡 웃었다.

"미안해. 각자 삶이 있으니까. 얘기하며 조금 기다려. 너희들 가끔 여기 와서 기분 전환하고 가던지. 춤도 멋으로 즐기는 시대란다."

몸매가 늘씬한 청년 두 명이 들어오다 클라라를 보고 테이블에 와서 인사를 했다.

"애들아, 이 누님들 잘 모셔. 손끝 하나 건들지 마라. 요조숙녀시니까."

청년들은 어리둥절하며 안으로 들어갔다. 클라라도 들어갔다.

"자영아, 여긴 초대받고 예약된 손님만 놀다 가는 곳이야."
자영은 와인을 주문했다. 자영은 글라스의 붉은 와인을 기분 좋게 마셨다.

"지원아 나 춤 배울래. 티브이에 춤 잘 추는 여자 너무 멋지더라."

"잘도 배우겠다. 남편하고 같이 배운다면 춤 선생 소개해줄게. 후후"

어느 날부터인가 예고도 없이 코로나 시대가 되었다. 보통의 전염병처럼 조금 시끄럽다 지나갈 줄 알았던 질병이 점점 강도를 높여가며 사람과 사람 사이에 두꺼운 벽을 세워갔다. 마스크 사려고 약국에 줄 서고도 구하지 못하는 진풍경이 벌어졌다. 모임에서 한 사람이 코로나에 감염되면 모임의 참석자는 전부 가족과 격리되고 코로나 검사를 받아야 하고 집은 물론 아파트는 소독으로 난리가 났다. 사망자는 가족들 얼굴도 못 보고 수의도 입지 못한 채 장례식도 없이 곧바로 화장 처리되었다. 학교도 유치원도 휴교가 되고 모임은 금지되었다. 핸드폰으로 걸려오는 전화도 나쁜 소식일까 받기가 겁이 나던 시절이었다. 쥐 죽은 듯 조용하던 아파트에 갑자기 흰옷 입은 사람들이 들이닥치고 요란한 병원차며 119 사이렌이 울리면 입주민들 가슴이 졸아들었다. 몇 동 몇 호인가? 아는 사람 집인가? 제발 별일 없어야 하는데. 지독한 소독약 냄새가 아파트촌에 퍼졌다. 마스크는 제일 귀중한 필수품이 되었고 정말 급하지 않으면 병원 가기도 힘들었다.

남편 강기호는 책보고 신문 보고 바둑 두며 여전히 잘 지내는데 자영은 집안에만 갇혀 있으니 미칠 것 같았다, 오랫동안 다니던 수영장도 문을 닫았다. 모자에 마스크 선글라스로 완전 무장을 하고 인적없는 공원에 갔으나 어쩌다 보이는 사람은 다 모자에 얼굴 다 가린 대형마스크에 선글라스 사람들만 보이니 갑갑하기는 마찬가지였다. 남편과 단둘이 집안에서 24시간을 같이 있다는 게 고문이었다. 남편의 강요에 혈압, 혈당 재어보니 혈압이며 혈당 수치가 올라가 남편은 고개를 저었다. 그보다 불면증이 더 심해져 자정까지 잠 못 들면 자영은 남편 몰래 사다 숨겨둔 소주를 마셨다. 목젖도 부었다 빠졌다 했다. 병원도 가야 하는데.

그나마 TV조선 미스터트롯 경연이 큰 위안이 되었다. 생방송은 물론 재방송도 빠지지 않고 시청했다. 긴장되는 순위 경연을 한 번도 안 빠지고 줄곧 시청하였다. 그러다 자영은 운명처럼 우리 가수님을 만났다. 반짝반짝 밤하늘의 별처럼 빛이 나는 사람을 보았다. 보면 볼수록 너무도 멋진 가수님이었다. 가수님 생각하면 하루가 즐겁고 저녁 시간이 목이 빠지게 기다려졌다. 대국민 인기 투표도 매일 하였다. 자영은 핸드폰 컬러링도 듣기만 해도 기분이 좋아지는 우리 가수님 노래로 바꾸었다. 그러다 가수님 팬 카페를 알게 되어 카페에 회원가입을 하고 날마다 출근 도장을 찍었다. 무엇보다 팬 카페 회원이 전국적으로 너무 많은데 놀랐다. 처음에 머뭇머뭇하던 댓글 문장도 일취월장 일사천리로 달게 되고 진솔한 가수님 사모의 글도 올렸다. 어느덧 얼굴도 안 본 카페회원들과 친숙해져 언니도 생기고 친구도 생기고 동생도 생겼다. 우리 가수님 사랑하는 마음이 찰떡처럼 통하여 의견도 척척 맞았다.

안방이 바뀌어 갔다. 우리 가수님 사진이 안방에 도배되기 시작했다 우리 가수님 사진이 너무 많아 고르고 골라 제일 멋진 사진만 붙였다. 가수님 액자 사진도 늘어갔다. 모든 생활을 거실과 주방에서 하는지라 안방에 잘 들어오지 않는 남편이 어느 날 가위를 찾아 안방에 들어왔다가 깜짝 놀라 뒤로 물러났다.

"세상에! 사진으로 완전 도배를 했네. 이쯤이면 사람이 미쳐가는 거 아닌가?"

'미쳐도 좋고 안 미쳐도 좋아. 우리 가수님이 내게 사랑을 주었어. 가수님 사랑해!'

자동차에도 가수님 사진 붙이고 싶은데 남편이 완강하게 반대하여 붙이지 못했다.

그러나 차 안에서 노래는 양보하지 않았다. 어디 가나 우리 가수님 노래만 틀었다. 집에서나 밖에서나 우리 가수님 노래만 듣고 우리 가수님 소식을 듣고 팬 카페에서 우리 가수님 일정이며 모든 소식이 빠르게 전달되었다. 드디어 우리 가수님이 지방축제에 초청 가수로 초대되어 전국에서 전세 버스가 움직이기 시작했다. 우리 가수님 스케줄에 맞춰 많은 전세 버스가 움직였는데 멀리 갔을 때는 밤늦게 때론 새벽에 집에 돌아올 때도 있었다. 그러나 생전 가보지 못한 지방 곳곳을 관광하는 재미도 너무 즐거웠다. 그리고 카페에서 인사 나눈 언니 동생들을 만나니 친동기처럼 반가워 버스에서 방방 뛰었다. 그러나 무엇보다 몇백 명 아줌마들이 똑같은 색깔의 옷을 입고 피켓을 들고 형광봉을 흔들며 가수님이 무대에 설 때 와, 하고 함성을 지르고 우리 가수님 이름을 목이 터지라 부르면 자영은 가슴속 깊이 똬리처럼 뭉쳐있던 울화병 덩어리가 쑤욱 빠져나와 속이 너무 시원했다. 세월이 흘러 이제는 우리 가수님 지방 콘서트도 남먼저 예매하는 그녀다.

남편은 이제 말려도 안 된다는 걸 알았는지 목적지와 귀가 시간을 알리고 나가는 자영을 못 가게 말리지는 않았지만 기가 찬 표정을 지었다. 이젠 마누라 승용차가 된 밤길, 새벽길 귀가를 걱정했다. 운전 조심하라고 누누이 일렀다. 강기호는 먼저 자라고 해도 아내의 귀가를 기다렸다. 집에만 오면 세상 모르게 단잠에 빠져드는 아내의 이불자락을 여며주고 침대 스탠드 조명을 끄고 나갔다.

"뭐가 그리 좋다고 힘들게 사방팔방 다니는지 원!"

강기호는 요즘 복지관 서예반에 등록하고 다니기 시작했는데 서예 수업 끝나고 복지관에서 점심을 사 먹고 왔다.

"평생 한눈 한번 안 팔고 꼿꼿이 사는 당신, 별 취미도 없는 당신이 딱하기 그지없지만 당신 성향이니 어떡해? 이렇게 좋은 세상에서 즐기지 못하고 사나 싶네요. 당신은 가정이라는 울타리가 넘어지지 않게 굳건히 지키고 있지만 나는 막막한 벽만 하염없이 쳐다보고 살았어요. 나는 요즘 축제장 다니며 구경 잘해요. 각 지방의 아름다운 산천도 구경하고 사람도 구경하고, 우리 가수님 사랑하니 정말 즐겁게 살아요. 내 가슴에 쌓여있던 우울증도 이젠 다 녹았어요."

자영은 근래 남편에게 아주 관대해졌다. 자신만 행복한 것 같아 미안했다. 그리고 살면서 남편이 자신을 사랑해주기만을 바라지 않았는가. 남편이 말로 행동으로 표현하지 않아 항상 불평불만이었다. 그럼 자신은 남편에게 사랑한다는 말을 한 적이 있었는가? 한 번도 없었다. 애원하는 사랑은 구걸이라고 생각하고 섭섭한 마음만 쌓여갔다. 우리 가수님처럼 무한히 사랑하지 않았다. 자영은 근래 남편에게 나가서 보고 들은 이야기, 웃기는 이야기도 곧잘 하며 남편과 마주 앉는 대화의 시간을 자주 가졌다. 남편은 자영의 이야기를 잘 들어주었다. 어디를 가든 남편이 즐기는 토종 먹거리도 샀다. 버섯 고사리 도토리 가루, 메밀가루, 영광굴비, 보리굴비를 샀다.

친구들도 만나면 자영을 놀렸다.

"우리도 자영이 가수님 팬 하자. 쟤가 안전 달라졌어. 얼굴이 활짝 폈어!"

자영은 돌아다니느라 바빠 내내 미루었던 병원을 오랜만에 찾았다. 정신과부터 먼저 갔다. 두통과 심한 우울증과 불면증 가슴 답답 등으로 오래 다닌 병원이다. 여의사가 반겨 주었다. 우울증 약과 수면제를 오래 복용 했다.

"아, 윤자영 씨 오랜만에 오셨군요. 병원 자주 안 다닌다는 것은 좋은 현상인데 얼굴 잊어먹겠어요."

"예 선생님 요즘은 잠도 잘 자고 우울증도 사라졌어요. 바쁘기도 했고요."

"그래요? 정말 얼굴이 밝아졌어요. 어떻게 지내시는지 들어볼까요."

"선생님 제가 사랑을 해요. 사랑하니까 두통도 가슴 답답

증도 사라졌어요. 전에 얼마나 힘들었는지 몰라요. 요즘은 기분 좋은 나날이에요."

"사랑요?"

의사는 뭔 말이냐는 듯 고개를 갸웃했다. 자영은 빙그레 웃었다.

또 다른 병원에 갔다. 갑상샘 기능저하증으로 치료받는 병원이다. 이상하게 추위를 타고 피로감과 식욕이 떨어지더니 체력이 떨어지고 목에 부종이 왔다. 진단 결과 갑상선 호르몬 부족이라고 했다. 3년 넘게 호르몬제 복용하고 정기적으로 진료를 받고 있다. 자영은 문득 근래 추위를 느끼지 않는 것을 생각했다. 몇 가지 검사를 했다. 진료실에서 영상 사진과 검사 자료를 살피던 의사가 빙긋 웃었다.

"더 나빠지지 않았어요. 아니 나아졌는데요. 전보다 몸이 좋아 보입니다."

"요즘은 잠도 잘 자고 식욕도 당기고 피로감도 덜하고요. 수영도 잘 다녀요."

"예 아주 다행입니다!"

"다 우리 가수님 덕택이야. 내가 즐거우니까 병도 낫네!"

자영은 우리 가수님 얼굴이 떠올라 저절로 미소가 지어

졌다. 즐거운 나날이다.

그렇지 이렇게 즐거운 마음으로 살아야 해. 스트레스 많이 받으면 바로 내 몸에 병이 온다니까. 우리 남편에게도 스트레스 주지 말고 마음 편하게 해줘야지. 사랑하는 사람이니까. 그래 나는 나를 걱정하는 남편이 있고, 내가 사랑하는 사람이 둘이나 있어. 노래를 아주 잘하는 아주 멋진 우리 가수님이 있어 나는 행복해!"

햇살이 빛나는 아침 식사 후 창밖을 보며 커피를 마시던 남편이 말했다.

"벚꽃이 바람에 휘날리네. 여보 우리 경주 가볼까? 불국사 석굴암도 보고 겹벚꽃도 보고."

"첨성대 대릉원 보문호수도 가본 지 오래잖아. 우리 가요."

"인터넷 들어가 찾아보고 호텔 며칠 예약합시다!"

남편이 빙그레 웃었다. 자영은 남편을 향해 활짝 미소를 날렸다.

봄날이, 봄날이 간다.

바람의 노래

비밀번호가 틀렸습니다.
비밀번호가 틀렸습니다.
"아니 왜 이래? 왜 자꾸 비밀번호가 틀렸다 그래?"
순영은 아파트 공동현관문 앞 정사각형 전자 숫자판에 다시 층 번호 1. 2. 0. 2 누르고 비밀번호 3, 8, 3, 8, 을 검지로 또박또박 눌렀다.

비밀번호가 틀렸습니다.
"또 비밀번호 틀렸다고? 우리는 내내 3838 이거 하나 쓰는데. 야 네가 틀리지 내가 틀렸냐? 다섯 번도 더 눌렀는데 계속 비밀번호 틀렸다고 지껄이네."

손목시계를 보니 오후 2시가 지났다. 점심시간 지났는데 나오는 사람도 없고 밖에서 들어가는 주민도 없었다. 가방의 핸드폰을 꺼내 저장된 1번을 눌렀다. 신호는 가는데 빨리 안 받으니 짜증이 입으로 다 올라왔다.

"얼른 안 받고 뭐 하는데? 당신 비밀번호 언제 바꿨는데? 바꾸면 바꾸었다고 말을 해야지 내가 미치겠네."

"뭔 소리야? 내가 언제 비밀번호 바꾸었다고 그래?"

"애가 왜 이러는데? 자꾸 비밀번호 틀렸다고 문 안 열어준다니까. 들어가지도 못하고 잡혀있는데."

순영은 부아가 뻗쳐 큰소리가 나왔다. 젊은 여자가 유모차 밀며 지나갔다.

"아기엄마, 비밀번호 틀리다 하는데 비번 바꾼 적 없는데 왜 이럴까?"

"글쎄요? 할머니 관리실에 전화해보세요."

여자는 고개를 갸웃하며 무심히 지나갔다. 관리실? 안경 안 쓰고는 핸드폰에서 관리실 전화 찾기도 어렵다. 조금 참지 뭐. 남편이 곧 내려오겠지. 유리문으로 나란히 달린 우편함도 보인다. 집에서 엘리베이터 타고 내려와 공동현관 근처만 가도 문이 자동으로 스르르 열어주는데 들어갈 때는 일일이 번호를 눌러야 하니 참 귀찮다. 그러나 아파트에 나무도 많고 화단에 꽃도 많아 오후 되면 애들이 놀이터에 잘 놀아 순영은 12층 창가에서 내려다봐도 기분이 좋았다. 요즘 애들은 얼굴도 예쁘고 옷도 잘 입고 너무 귀였다.

따르릉, 남편 전화다.
 "도대체 어디 있는데? 왜 집도 못 찾고 난리야! 놀이터 있어?"
 "무슨 놀이터, 현관문 앞인데 여태 안 내려오고 뭐 하고 있소?"
 순간 순영은 머리를 갸웃하며 주춤주춤 나가 공동현관 입구 위를 쳐다봤다. 어머머! 210동. 내가 왜 이래, 정신 어디 두고서? 220동은 저기 저쪽인데.
 "또 딴 동 갔어? 쯧쯧 사람이 어째 그 모양이야!"
 은행 갔다 오는 길이다. 전에도 이런 일이 한 번 있었다. 그때도 210동에서 비밀번호 틀렸다고 못 들어가 남편을 불러었다. 순영은 갑자기 멀미 같은 어지럼증이 일어나 그 자리에 주저앉았다. 내가 왜 이래? 혀를 차는 남편과 같이 220동 집에 온 순영은 자리에 눕고 말았다. 남편은 그냥 티브이만 본다. 북북 속이 상했다. 전화가 왔다. 전화 받을 기분이 아닌데 받으니 모르는 사람이라 끊었는데 다시 전화가 왔다. 왜 전화 끊냐고 화를 내며 나영선 모르냐고 따진다. 나영선? 아, 친구 영선이 목소리 잊다니, 깜빡했다고 미안하다고 둘러대도 섭섭하단다. 아닌 게 아니라 요즘 단어나 물건 이름이 얼른 생각나지 않는다.

 어제도 노래 교실 갔다 오면서 무사통과되는 아파트 정문 후문이 아닌 쪽문으로 들어올 때다. 아파트 공동현관문은 층 번호, 비밀번호만 누르면 되는데 쪽문은 동 번호 먼저 누르고, 다음 층 번호, 끝으로 비밀번호를 눌러야 한다. 6·25 생각해서 지은 38선, 3838 비밀번호는 절대 안 잊어먹는다. 220동 1202호 3838. 이렇게 전자 숫자판을 또박또박 누르면 큰 유리문이 스르르 열린다. 나갈 때는 유리문 근처만 가도 저절로 열어준다. 그런데 또박또박 잘 눌러도 비밀번호가 틀리다고 한다. 아파트 입주하고 관리실에서 준 공동현관문 카드는 검은 숫자판에 갖다 대면 유리문이 저절로 열려 아주 편리했다. 음식물쓰레기배출카드도 잘 쓰다 가방에 넣어 다니다 분실했다.

 결국 몇 개나 잃어버려 관리실에서 새로 받았는데, 남편이 현관 서랍에 넣어두고 음식물 버리러 갈 때 말고는 못쓰게 했다. 웬만하면 키 필요 없는 정문, 후문으로 다니는데 오늘은 나갔다 쪽문으로는 잘 들어왔는데 공동현관에서 문제가 났다.

 "현관이 아주 판박이라 우리 동인 줄 알았지. 저들 집이

나 단속 잘하지, 사방 문 잠가 놓고 일일이 찍고 들어오라니 사람 귀찮게 하지."

순영 씨는 근래 이상하게 날짜하고 요일이 헷갈렸다. 사느라 힘들었던 젊을 때는 세월이 지겹더니 요즘은 세월이 너무 빠르다. 화요일이라 생각하는데 수요일이고, 목요일이라 여기는데 토요일, 매주 화요일 10시 노래 교실을 수요일에 가서 문 닫힌 노래 교실 앞에서 얼마나 속상했는지 모른다. 엊그제는 아침 6시 목욕탕 갔는데 사람 하나 없는 목욕탕 문 앞에서 얼마를 기다렸던가. 시계를 잘못 본 게 부끄러워 남편에게 말하지 않았다. 치과에서 전화가 왔다. 환자가 안 오셔서 전화한단다. 옛날 보철로 덮어씌운 어금니 통증에 임플란트하려고 신경치료 받고 있다.

"나는 화요일 10시 예약이라 내일 치과 가면 되는데."

"남순영 님, 오늘 화요일인데요. 다시 예약 날짜 알려드릴게요."

얼른 달력 보니 어제가 월요일 오늘이 화요일이다. 못살아! 옛날에 겨울이며 사골 잔뜩 사다 푹 고아 잘해 먹던 곰국도 이젠 식육점서 사다 먹는다. 남편은 말은 않아도 아내가 가스 불 켜면 신경 쓰는 눈치더니 가스 타이머를 달아

30분 설정해놓으니 시간 되면 저절로 가스가 꺼졌다. 올해 74세, 작년엔 73세. 고작 1살 늘었는데 나이가 엄청 많이 먹은 느낌이다. 나이 탓인가? 근래 잘 아는 단어가 얼른 생각 안 난다. TV에 잘 나오는 가수나 탤런트 이름이 깜빡 생각 안 나고 친구 얼굴은 아는데 이름이 아슴아슴하다. 집안에서 쓰는 물건이나 소지품이 제 자리에 없으면 신경질이 났다. 찾는 데 없으면 머리가 빙빙 돌았다. 미치겠네! 남편에게 화를 내고 부아가 치밀었다.

 가족 생일, 동기회, 친목 모임 약속 잊지 않으려고 달력에 붉은 동그라미 치고, A4 종이에 크게 적어 냉장고에 붙여놓는다. 시장이나 마트에 갈 때 품목도 적어간다. 특히 자식들과 손주들 음력 생일이 헷갈렸다. 가끔 불안한 마음이 들었으나 건망증이라 생각했다. 주위 친구들도 다들 그러잖아. 옷을 잘못 입고 나갔느니 카드 잊어 찾다 찾다 분실신고까지 했는데 딴 가방에서 나왔다니, 핸드폰 냉동실에 넣고 온 집안을 찾았다는 등 별별 건망증 얘기에 다들 배꼽을 잡고 웃기도 하고 눈물을 찔끔거리기도 했다. 손주 데리고 시장 갔다 손주 잃었다 간신히 찾았다는 얘기에는 쯧쯧 혀를 차고 밤에 지하철에 내려 방향을 잃고 헤매었다는 소리에 다들 고개를 끄떡였지.

 순영은 망설이다 용기를 내어 치매 검사를 받기로 했다. 남편에게 말하지 않았다. 무릎관절에 한의원 정형외과 다니고 고혈압 약 받으러 내과도 잘 다니는데 혼자 병원 못 갈까. 혹시나 해서 가지만 괜찮다는 진단받고 안심하려는 마음이 더 컸다. 아직 치매는 아니니까. 그런데 병원에 들어서자 가슴이 두근거렸다. 하기야 내과에서 혈압검사 해도 병원 가면 혈압이 더 오르지 않던가. 떨리는 마음으로 시작한 치매 검사, 요일과 날짜를 묻는데 대답하지 못했다. 매일매일 바뀌는 날짜를 갑자기 물으니 말이 안 나왔다. 취미는 노래 교실, 운동은 걷기라고 했다. 과일 이름, 채소, 꽃 이름은 줄줄이 대고도 남았다. 몇 가지 단어를 말하곤 말하라 하였고 문장 완성, 그림 따라 그리기도 하였다. 그리고 검사실 옮겨가며 피를 뽑았고 다른 검사도 하였다. 진료실에서 컴퓨터 영상화면을 이리저리 돌려보던 의사가 어느 한 곳을 화살표로 뱅뱅 돌리며 지적했다.

 "경증 알츠하이머입니다. 즉 치매 초기니 놀라지 마시고 꾸준히 약 드시고 치료하시면 됩니다. 환자분! 꼭 치료받으셔야지 방치하시면 안 됩니다. 오늘 가족이 같이 오셔야 하는데 다음 예약 날은 꼭 보호자와 같이 오세요. 꼭 오셔야 합니다. 약국에서 약 받아 복용하시고요."

"아니요. 나 치매 아니요. 멀쩡해요. 집안일도 내가 다 하는걸요. 옛날 일도 다 기억하고 어릴 적 동생하고 놀러 간 일 말하면 기억력 좋다고 하는데."

순영은 의사에게 치매가 아니라고 벅벅 우기다 눈물이 났다. 아버지 엄마가 날만 새면 일만 하시던 모습도 환하고, 봄날에 동생들과 쑥 캐던 일, 친구들과 싸운 것도 너무 뚜렷한데 치매라니? 자다가 날벼락이다. 그래도 진짜 치매 초기라고 하니 다행이다.

"친구들도 이 나이에 깜빡하는 건망증이라고 하잖아. 치매는 아냐."

순영은 자신의 말을 들어주지 않는 의사가 야속했다. 의사가 검사를 잘못했나? 어쨌든 치매 예방약은 부지런히 먹고 조심해야지. 남편이나 애들 알면 괜히 걱정만 시키지. 나 정신 말짱한데 뭘. 걷기운동 더 부지런히 해야지.

그러나 일단 치매에 걸리면 약도 별 소용없는 걸 주위에서 보았다. 노래 교실 연실 언니, 110동 선주 씨, 열심히 운동하며 병원 다니고 좋다는 한약 양약 다 먹어도 소용없었지. 요양원 가기 싫다고 눈물겹게 버티다 결국 요양병원 갔지. 치매라고 빨리 죽는 것은 아니다. 지우개가 머릿속을 한 줄 한 줄 지우기 시작하여 사물을 잊고, 사람을 잊고 기억을 다 잊게 하였지. 끝내는 자기 자신도 심장 같은 자식도 몰라보는 바보가 되었지. 처음 병문안 갔을 때 눈물을 흘리며 반기던 연실 언니가 두 해 지나자 낯선 사람 보듯 자신을 멀뚱히 바라보던 눈이 너무 안타까워 눈물 흘렸지.

내가 치매라면 남편과 자식들이 얼마나 기겁할 것인가? 남편은? 요즘 젊은 부부들은 맞벌이건 아니건 집안일을 잘 돕더라만 옛날 남편들은 한평생 주방 근처에도 오지 않고 살아온 세대 아닌가. 집안일은 여자가 다 한다는 사고방식을 가지고 한평생 살고 있다. 순영은 아침저녁에 넣는 녹내장 안약이 헷갈렸다. 일어나서 제일 먼저 눈에 한 방울 넣는 안약이 때론 넣은 것 같기도 하고 안 넣은 것 같기도 하였다. 두 달 치 혈압약이 모자라기도 하고 남기도 하지. 딸이 사다 준 영양제도 먹다 잊다 하고 밥 먹고 하는 칫솔질도 헷갈려 두 번 닦기도 한다. 물고기 구피 밥은 정말 헷갈린다. 특히 애들은 발소리만 나도 좋다고 어항에서 뱅글뱅글 돌며 모여드니 밥을 안 줬나 싶어서 또 준다. 남편은 구피 밥 많이 주어 살만 쪄서 새끼도 안 낳는다고 잔소리다. 이젠 구피 밥도 잔소리하는 남편에게 맡겨야지.

 식사 때 밥솥을 여니 밥이 없어 재빨리 햇반을 전자레인지에 데워 밥그릇에 옮겨 식탁에 올린다. 햇반은 사다 냉동실에 두는데 요긴하게 잘 쓴다. 외출로 엘리베이터로 1층 내렸다 걱정에 다시 올라가 살피면 안방 주방 불 꺼져 있고 수돗물 잠겨 있다. 때론 안방 화장실 불이 켜 있기도 했다. 조금 걱정되어도 나이 탓이라 생각했는데 눈앞이 캄캄했다.

 "쌀 5컵이며 전기밥솥 눈금 5에 맞추어 밥물 부어요. 여기 백미 5컵 밥 안칠 때 물 눈금을 여기 5에 맞추며 밥이 질지도 되지도 않아요, 잡곡은 물 조금 더 붓고."

 쌀 씻는 스텐 양재기와 계량 컵을 손에 쥔 남편은 뚱한 표정을 짓고 있다. 순영은 도로 받아 쌀 포대에서 쌀 5컵 퍼 담아 남편에게 내밀었다. 남편은 커다란 손으로 쌀을 설렁설렁 씻어 주르르 물 따르다 쌀알이 싱크대에 하얗게 떨어졌다.

 "옛날 어른들 보셨으면 귀한 쌀알 버렸다고 야단치시겠네."

 "왜 생전 안 하던 일 시키고 그래. 언제 내가 밥했냐고?"

"당신은 이제껏 참 편하게 밥 자셨어. 나도 밥 좀 얻어먹읍시다."

"내일모레 팔순인데 이제 와 무슨 밥하라고 억지를 부려?"

남편은 정말 생전 처음으로 밥해보기 실습이다.

"내가 어디 가서 늦게 와 밥 없어 당신 굶으면 어떡해? 당신은 한 끼도 밥 없으면 안 되는 사람인데 배워 놓아요. 밥솥 여기 백미에 맞추고."

"백미는 백미, 잡곡은 잡곡 코드 누르면 밥솥 아가씨가 백미 밥한다고 말도 하니까. 아니면 햇반 사놓고 전자레인지에 데워 먹어요. 다음은 세탁기."

"이 여자가 미쳤나? 빨래까지 하라고 시키는 거야?"

"당신은 한평생 홀렁홀렁 벗을 줄만 알았지 언제 양말 한 짝 빨아 본적 있수? 세탁기 문 열어본 적도 없지. 참 편하게 살았네. 먼저 세탁기 전원 스위치 누르고 세제 통에 빨래 따라 세제 적당히 붓고 섬유유연제 조금만 넣고. 세탁은 표준에 맞춰 있으니 돌리고 되고, 세탁 끝나며 빨래 꺼내어 탈탈 털어 베란다에 널고 셔츠는 옷걸이 걸면 끝."

"털어 널든 그냥 널든 널면 되는 거지 잔소리는."

"우리 집은 남향이라 종일 햇볕 들어 베란다 빨래 가슬가슬 잘 마른다니까. 이젠 분리수거, 아파트 젊은 남편들은 분리수거 참 잘하던데 종이, 플라스틱, 비닐 분리하고, 나머지는 종량제 봉투에 넣어 묶어 내고."

"이 여자가 바람났나 왜 이래? 산 입에 거미줄 칠까, 주위에 둘이 살다 하나 죽어도 따라 안 죽고 잘만 살더라."

남편이 버럭 성질을 부렸다. 순영은 더 성질내려다 참았다. 남편이 내 마음을 어찌 알랴. 하긴 사람은 눈앞에 닥치며 뭐든 다 하게 되는 것을 왜 이러지.

내 걱정만 해도 넘치는데 왜 펄펄한 남편 걱정을 오지랖 넓게 하고 있누?

전화가 왔다. 친정 올케다. 큰딸이 부모 속을 썩인다고 하더니만.

"형님 너무 답답해서요, 지수가 기어이 이혼하겠대요. 말려도 소용없어요. 남남으로 만나 그럭저럭 고빗길 넘기며 다들 살잖아요."

"옛날엔 지독한 시집살이도 살고 남편한테 맞아도 그냥 살았지만, 지금은 아니지. 도저히 안 맞으면 이혼 못 할 것 없지. 평생 싸우며 사는 것보다 낫겠네. 요즘 애들 다 직장 있으니 지수 말 새겨들어보게. 나는 졸혼도 찬성이네."

"에에? 형님께서요?"

"한 번 살다가는 인생, 나도 정말 맘대로 한번 살아보고 싶었다네."

당신에게(이 글은 화장대 서랍에 넣어둘게요.)

우리는 내 집에서 여생을 보내야 해요. 내가 없더라도 당신 혼자 살아요. 전기밥솥에 며칠 밥해놓고 반찬은 아파트 앞 반찬가게에 없는 게 없어요. 당신은 삼시세끼 밥이니까 밥하기 싫으면 햇반 사다 쟁여 두시구려. 먹어 보니 집밥보다 맛있더라고요. 속옷 겉옷 자주 갈아입고 세탁기 돌려 깨끗한 옷 입어요. 날마다 걷기 하고 체육공원에서 꾸준히 운동하고 매일 샤워하면 노인 냄새도 덜 나니 유념하시구려. 쓸쓸하다고요. 그건 어쩔 수 없이 받아들여야지. 쓸쓸하니 밖에서 밥 같이 먹는 친구는 괜찮지만. 팔순 보는 나이에 나 좋자고 누구를 힘들게 하면 안 되지요. 삶의 마지막을 잘 마무리하구려.

바쁜 자식들 아픈 부모에게 붙들려 살 수 없고 당신 자신도 편치 않을 터이니 일신을 움직이기 힘들면 애들한테 요양원 보내달라 하구려. 제왕이나 서민이나 죽는 길은 똑같으니 일흔 넘고, 여든은 덤으로 사는 세월이니 감사하게 생각하고 죽음도 편안히 받아들입시다. 당신과 나, 생명 연장 안 하기로 서약한 일 그거 하나 잘한 일이지요. 그리고 당신, 큰 병에 드러누워 마누라 고생 시키지 않았으니 정말 고맙다 싶네요. 나도 이젠 정말 맘 편하게 살려고요. 내가 외출하며 당신은 냉장고 반찬 꺼내고 밥솥의 밥 퍼서 식사하는 길들이세요.

여보, 의사가 나보고 청천벽력 치매라지만 계속 운동하고 더 노력해보리다.

당신에게 부탁이 있어요. 내가 치매가 심해져서 당신이 나를 간호하다 힘들어지면 정신없는 내가 안 간다고 하여도 햇볕 잘 드는 요양원에 보내주구려. 오랜 병구완에 당신을 너무 힘들게 하는 짓은 내가 원하는 바가 아니니까. 혹여 내가 오래 살아도 그럴 거여요. 당신이 병들면 당신을 돌보리다. 그러다 너무 힘에 부쳐 당신이 미워지면 괜찮은 시설을 찾아 보내리다. 이해하지요. 요양원 요양병원 누가 좋아서 갑니까. 사랑하는 가족을 너무 힘들게 하면 안 되잖아요. 행복이 뭐 별건가요. 슬프지 않으면, 몸 아프지 않으면 행복이다 싶네요. 눈이 시리게 푸른 하늘 바라보니 눈물이 나네요. 희로애락喜怒哀樂 오십여 년 함께한 우리 인연에 고맙고 당신에게 감사하네요! 무엇 하나 제대로 해준 것도 없는데 부모 걱정 안 끼치고 잘 사는 우리 아들딸, 며느리, 사위에게 고맙다고 전하고 싶어요. 나는 소중한 내 생명이 다하는 그 날까지 웃으며 행복하게 살 거예요. 제발 치매가 천천히, 더디게 오라고 나는 빌고 있어요.

남순영 씀

"내 지갑에 돈이 없네? 한 푼도 없어. 당신 가져갔지?"
"또 그러네. 저번에 신발장에 넣어놓고 없다고 난리더니. 어디 넣었겠지."
"지갑 봐. 천 원짜리 하나도 없지? 내가 언제 신발장에 돈 넣었어? 억울해 미치겠네."
"당신 박박 세우며 내가 못 이기지. 점심 먹자. 냉장실에 반찬이 없네. 아침 먹고 넣었는데, 또 냉동실에 넣었지? 냉장실 냉동실 몰라?"
"내가 언제? 당신이 잘못 넣었지. 상추도 얼었네."
남편은 순영을 식탁에 앉히고 숟가락을 손에 쥐어주었다. 갈치를 데워오니 순영이 식탁 휴지를 빼 손에 펴고 상추 된장 올려 쌈을 사서 입에 넣고 있다. 남편은 재빨리 아내 입을 벌려 휴지를 빼내었다. 한숨을 토했다.
"이 사람아…. 한 번씩 가다 사람이 이상해지니."

"나보고 맨날 이상하다 하지. 집에 있기 싫다니까. 나갈래."
"밥이나 먹고 나가자고."
"안 먹어. 내 가방이 없네. 가방 또 당신이 치웠어?"
"노상 없어졌다지. 이불장 안에 찾아봐. 또 거기 넣었겠지."
"빨리 찾아줘. 집에 있으면 갑갑해. 나가면 속이 시원해."
"그거 배회야. 자꾸 밖으로만 돌고. 점심이나 먹자니까."
가방 찾던 순영이 옷을 덕지덕지 껴입고 나왔다.
"무슨 한겨울 털코트를 입어? 제발 정신 좀 차려!"
"추운데 왜 그래?"
휴일 아들딸이 찾아왔다. 아들은 집 청소를 하고 딸은 냉장고 청소를 한 후 국이며 반찬 간식들을 차곡차곡 냉장고에 챙겨 넣었다.
"아버지, 너무 힘드시지요? 노인 유치원도 엄마가 적응을 못 하니까."
"너희 엄마 아직 멀쩡할 때도 있어. 낯선 사람 속에 가기 싫은 거지."
"엄마가 밤을 새우니 아버지 잠도 못 주무시고. 엄마 결국 요양원 모셔야 하지 않을까요?"
"너희 엄마 내가 돌볼 테니 걱정하지 말아라. 못난 나 만나 한평생 고생만 하고 산 사람을 어디로 보낸단 말이냐. 못 보낸다. 다행히 내가 건강하잖냐. 엄마는 바깥바람 좋아하니 공원에 데리고 다니면 된다."

아들딸은 말없이 눈물을 흘렸다. 아버지는 자식들 얼굴을 외면했다.

순영은 요즘 밖으로만 나돌았다. 새벽에 나가고 낮에도 저녁에도 나갔다. 아파트 단지를 빙빙 돌았다. 공원까지 갔다. 남편이 언제나 뒤따랐다. 물오른 오월의 나무들이 초록으로 물들었다. 순영은 아파트 벤치에 앉아 흥얼흥얼 노래를 부른다. 하늘에는 하얀 솜털 구름이 깔리고 훈풍에 나뭇잎이 춤을 춘다. 학교 갔다 와서 소먹이 주고 물길어오고, 청소하고 집안일 지겨워 부모님 몰래 동생 손잡고 뒷동산을 올랐다. 보라색 할미꽃이 고개를 숙이고 토끼풀이 많이 피어있다.

"순애야 이리 와. 꽃반지랑 팔찌 만들어줄게. 이쁘지?"

"나는 언니 꽃반지 만들게."

동생과 묏등에 드러누웠다. 실바람이 살랑살랑 지나간다. 귀가 간지럽다.

"순애야, 우리 노래 부르자."

"무슨 노래 불러?"

"우리 좋아하는 노래 있잖아. 그 노래."

아이들이 벤치를 빙 둘러쌌다.

"저 애들 누구야? 쫓아버려."

"애들아, 여기 할머니 노래 부르셔!"

"우리 모르는 노래야."

"그런데 할머니, 왜 짝짝이 신발 신었어요?"

"내 신발 짝짝이 아니야. 너희 저리 가. 내 동생하고 놀 거야."

"어, 할머니 어디 가요?"

"순애야, 저기 내가 좋아하는 아카시아꽃 하얗게 피었네!"

아카시아 꽃내음이 물씬 풍겨와 순영은 코를 벌름거렸다.

"언니 살랑살랑 바람이 지나가네."

"순애야 바람이 노래하네. 우리도 바람 노래 따라 부르자!"

"응 바람 노래 부르자!"

파란 하늘 솜털 구름이 흘러가다 멈추고 노래하는 두 자매를 내려다본다.

느티나무가 있는 마을

마을 앞 널찍한 둑길에는 아름드리 느티나무 두 그루가 서 있었다. 가지가 무성하게 뻗어 잎이 청정한 느티나무 아래는 봄부터 여름 가을까지 시원한 그늘에는 멍석 몇 개가 깔려있었는데 동네 어른들 쉼터였다. 그곳에선 마을 들길과 들녘이 훤히 다 보였다. 그러나 여자들과 아이들은 얼씬도 하지 않는 정자 그늘이기도 했다.

"어머, 저 애들 깜둥이잖아!"
"깜둥이, 깜둥이가 어디 있노?"
서울 아이의 느닷없는 깜둥이란 말에 우리는 깜짝 놀라 주위를 둘러보았다. 애들 모두 어리둥절한 눈빛이다. 새까만 얼굴에 이빨만 흰 깜둥이는 책에서만 봤는데 우리 동네에 웬 깜둥이? 소나기가 후드득 비를 뿌려 냇물이 불어난 개울에서 아이들은 낡은 대소쿠리로 풀숲을 흔들며 고기잡이에 정신없었다. 개울둑 하얗게 핀 찔레꽃 향기가 바람에 솔솔 날려왔다. 서울 아이는 분홍 슬리퍼에 흙 묻을까 둑길에 서서 손가락으로 천식이 동생들을 가리켰다. 아이들이 킥킥 웃음을 터트렸다.

"저기 저 애들 봐 봐. 완전 깜둥이야."

아닌 게 아니라 네 살배기 쌍둥이는 새까맣다. 까만 눈동자가 반짝이고 웃으며 보이는 이빨만 하얗다. 봄부터 땡볕에 거슬리기 시작한 쌍둥이들은 여름 내내 발가벗고 사는지라 얼굴 몸 팔다리가 정말 새까맣다. 천식이 아버지는 머슴으로 일하고 엄마는 허구한 날 남의 일 다녔다. 애들은 눈만 뜨면 바깥에 나와 놀았고 여름에는 홀딱 벗고 개울에서 살았다. 천식이도 동생들을 별로 돌보지 않았는데 해가 기웃해지면 버드나무 가지로 동생들을 툭툭 때리며 집으로 몰아갔다. 그래도 우리는 쌍둥이를 깜둥이라 생각한 적이 없었는데 그날부터 쌍둥이는 깜둥이로 불렸다.

여름방학 어느 날 서울 아이 자매가 마을에 나타났다. 우리 앞집에 왔는데 큰집이라 했다. 그들은 하얀 피부에 어깨가 드러나는 나풀나풀한 예쁜 원피스를 입고 차양이 넓은 예쁜 모자를 쓰고 흰 구두를 신었다. 구두는 앞으로 작은 발가락이 나왔고 뒤로는 발그레한 발뒤꿈치가 보였으면 하얀 구두끈은 발등을 지나 복숭아뼈 고리에 채워져 있었다. 우리는 흰색 어린이 구두를 처음 보았다. 그 애는 선생님처럼 표준어로 또박또박 말했다. 저건 뭐니? 아니야, 신기해! 등 끝말을 살짝 올리며 매끄럽게 발음했다. 남자애들은 은경이 앞에서 홍당무가 되어 말을 더듬거렸고 우리는 사투리로 말하는 게 왠지 부끄러웠다.

"니 밥 묵었나?"

"애, 밥을 먹었지 묵은 게 뭐니."

"나는 이은경 2학년, 우리 언니는 이은수 3학년. 넌 몇 학년이니?"

"내는 김경숙이라 카고 2학년 아이가."

나는 뒷날 이은경 학용품 구경하고 입이 벌어졌다. 분홍 드레스 입은 공주가 그려진 필통이며 처음 보는 24색의 크레파스, 두툼한 스케치북에 그려진 예쁜 그림에 할 말을 잃었다. 임금님이 살았다는 물에 비친 궁궐이며 분홍꽃나무 그림에 서울은 정말 아름다운 곳이구나 싶었다. 나도 저런 크레용과 스케치북 있으면 그림 잘 그리겠지. 은수 언니는 큰집 대청마루에서 책만 읽었는데 책을 잡은 두 손은 정말 희었다. 할머니가 헛간 위 둥근 박을 따서 부엌칼로 가르면 나오던 그 하얀 박속처럼 은수 언니는 얼굴도 팔다리도 신기할 정도로 희었다.
"우리 언니는 독서광이야."
"독서광, 독서광이 뭐꼬?"
 은경이는 맛있어, 맛없어, 싫어, 그만해 등 분명하게 나타내었다. 나는 말을 입안에서 우물쭈물하는지라 똑 부러지게 말하는 은경이 부러웠다. 은경이는 내가 텃밭에 풋고추 따러 가면 챙모자 쓰고 따라와 작고 예쁜 고추만 골라 땄다. 어느새 우리는 말끝이 살짝 올라가는 서울말을 따라 했다. 싫어, 그게 뭐니, 바보 등 킥킥 주고받았는데 웃기는 것은 방학이 끝나 은경이 가고 나면 마을에서 서울말은 사라져버렸다. 나는 방학이면 은경이를 기다렸다.

 선희 언니가 돌아왔다고 동네가 떠들썩했다. 애들과 우르르 선희 집으로 몰려갔다. 선희야 노올자! 사립문 밖에서 선희를 부르자 선희가 부엌에서 얼굴을 삐쭉 내밀고 나간다는 신호를 보냈다. 우리는 우리 키만 한 흙담에 서서 선희를 기다리는데 안방 문이 열리고 머리를 빡빡 깎은 여자가 청마루로 나왔다. 시끄러운 소리를 들었는지 우리 쪽을 바라보길래 우리는 그만 담장 아래로 폴짝 앉아버렸다.
"선희 언니다. 엄마야! 대가리 정말로 빡빡 밀었네."
"애들아 거기서 뭐하노? 들어와서 우리 선희하고 놀아라."
선희 언니가 마당으로 나왔다. 우리는 엉거주춤 일어나긴 해도 얼굴을 들지 못하고 있는데 다행히 선희가 달려 나와 우르르 골목을 빠져나왔다.
"언니야 참말로 중이네. 엄마가 언니를 억지로 끌고 왔나?"
"그럼 집에서 중 옷 입고 목탁 뚜드리고 하겠네."
"언니는 뭣 때문에 중 되려고 하노? 중은 집에 못 있고 절에 산다던데?"
선희가 걸음을 멈추고 울먹울먹 울려고 했다.
"내가 우째 알겠노. 엄마가 머리는 금방 길어 절에 안 가도 된다더라."
발 달린 무성한 소문이 마을을 돌았고 선희 언니는 얼마 후 또 집을 나가버렸다. 선희 집에 갔을 때 선희는 울면서 흰죽을 끓이고 있었다.
"울 언니야 또 갔다. 절대로 찾지 말라고 편지까지 써놓고 갔다."

"엄마는 어쩌노? 또 언니 찾아가겠네."

이때 방안에서 대성통곡 울음소리가 났다.

"골골이 산이고 산마다 절집인데 어디 가서 내 자식을 찾을꼬?"

선희는 큰솥의 흰죽을 대접에 퍼 담다 청솔가지에 앉아 울기 시작했다.

"울 엄마 엊저녁도 아침도 굶었는데 이거라도 한 술 뜨면 얼마나 좋겠냐!"

선희가 손등으로 눈물을 훔치며 흰죽과 간장 종지 국물 김치를 낡은 소반에 얹어 부엌문으로 들고 들어갔다. 선희 아버지는 일찍 돌아가시고 선희네는 1학년짜리 남동생과 네 식구가 살았다. 댓 마지기 논농사를 선희 엄마는 힘들게 짓는 터라 선희네 들일이 제일 늦었다. 보리타작도 늦었고 남의 소를 빌리는 논갈이가 늦어 품앗이 모심기도 꼴찌였다. 가을마당 벼 탈곡도 으스스 추워지는 겨울 초입에야 차례가 돌아왔다. 우리는 언니가 열심히 공부하여 큰스님 되어 돌아온다고 위로하며 선희는 훌륭한 스님은 남자 스님이 된다고 했다. 얼마 뒤 선희 엄마는 봇짐을 메고 집을 떠나 내 친구 선희 걱정은 깊어만 갔다.

하정자는 오늘도 청색 원피스를 입고 왔다. 일 년 열두 달 사시사철 청색 원피스 하나로 살았다. 1학년 입학하여 그 애를 보고 깜짝 놀랐다. 소매는 몇 겹으로 걷어 올렸고 단을 푹 올린 치마는 발등에 내려와 조그만 아이가 옷에 끌려 어정어정 걸었다. 그때는 대부분 새 옷을 사면 몇 년 입히려고 품이 넉넉한 것을 사거나 형이나 언니 옷을 물려받아 옷이 크든가 아니면 오래 입어 뎅겅 짧기도 하지만 정자 옷은 좀 심했다. 정자는 불평 한번 않고 매일 그 옷만 입고 학교에 다녔다. 3학년이 되자 청색 원피스는 낡은 옷이 되었다. 정자는 우리 동네보다 조금 앞 동네에 살았다.

"정자야 너는 만날 그 옷만 입냐? 그게 그렇게 좋냐?"

"울 아부지가 보내준 옷인데 이젠 덜 크다, 나는 옷 사줄 사람이 없다."

"아부지 일본에 산다고 했제. 언제 집에 오는데?"

"내가 우째 알겠노. 그래도 꼭 온다 약속했거든."

엄마는 정자 아기 때 죽었고 아버지는 정자가 어릴 때 일본으로 갔다고 했다.

"니는 학교 결석해가며 맨날 삼촌 알라만 보니 어쩌노?"

"응 꼬맹이가 넷이라 숙제 하나도 못 한다."

"그 원피스 집에서는 못 입겠네."

"애들 콧물 흘리는데 어떻게 입어. 아부지가 사준 옷인데 아껴 입어야지."

정자는 언제나 꿈꾸는 얼굴로 남쪽 하늘을 오래오래 바라보았다.

"경숙아, 울 아부지가 돈 많이 벌어서 나 데리러 온다고 했거든. 할배가 죽을 때 나보고 아비 기다리라 해서 나는 참고 울 아부지 기다리고 있다."

하정자가 일주일 내내 결석했다. 선생님이 하정자 집 가까운 애는 집에 가는 길에 들려보라고 하셨다. 선희와 하굣길에 정자를 찾아갔다. 마침 사립문 밖에 있는 정자를 만났는데 갓난 아기는 업고 꼬마 둘을 돌보고 있는 야윈 정자 얼굴에 버짐이 더 피었고 입고 있는 옷은 꾀죄죄했다.

"정자야, 너는 사촌 동생들 본다고 맨날 결석하니 어쩌면 좋겠냐?"

"너희 작은엄마는 어디 갔노?"

그때다. 집안에서 큰소리가 터져 나왔다.

"이 가시나가 어디 갔노? 정자야! 알라 잘 적에 설거지하지 어디 자빠졌냐!"

정자는 어쩔 줄 모르고 눈만 껌뻑거렸다.

"누군데? 아이고 무서워라!"

"우리 삼촌. 삼촌이 학교 가라 해야 간다. 선생님께 말 좀 잘해주라."

"정자야! 정자야! 이놈의 가시나가 귓구멍 막아놨냐!"

정자는 예! 하고 업은 아이 치받으며 애들 손잡고 바삐 사립문으로 들어갔다.

"엄마야 정자 삼촌 억수로 무섭다. 정자 기성회비도 밀렸다던데 맨날 알라만 보라하고 저러면 학교 끝까지 댕기겠나?"

"보리밥도 배불리 묵겠냐? 정자 원피스 졸업 때까지 입으면 뎅겅 할 건데."

"맨날 알라 보는데 옷도 안 사주고 삼촌이 너무하다. 정자 불쌍하다 그지."

일주일을 더 빼먹고 학교에 나온 정자 다리에 언뜻 시퍼런 멍이 보였다.

"정자야 너 다리가 와 그렇노? 삼촌한테 맞았지? 너 자주 맞고 있지?"

"공짜 밥 처먹으며 알라도 못 본다고 때리고 설거지하다 그릇 깨도 때린다. 숙모는 내 머리 다 쥐어뜯고. 애들한테 말하지 말아라. 부끄럽다."
"아부지는 언제 일본 갔는데?"
"내 아기 적에. 할배 살았을 적에는 삼촌 숙모가 덜했어. 할배가 너 묵을 양식은 삼촌한테 맡겨 두었다고 했는데. 집도 우리 집이고 나는 우리 아부지만 눈 빠지게 기다린다."
 여름방학이 끝나고 개학 날 정자가 새 옷을 입고 학교에 왔다. 잠자리 날개처럼 하늘하늘한 하늘색 바탕에 흰 땡땡이 원피스가 너무너무 시원하게 보였다. 원피스는 정자 몸에 딱 맞았다. 신발도 낡아빠진 검정 고무신이 아닌 하얀 운동화를 신었다. 애들이 정자를 에워쌌다. 정자 얼굴이 달덩이처럼 환했다.
"우와! 정자야 일본서 아부지가 원피스랑 운동화 보냈구나! 너무 이쁘다!"
"옷이 너무 가벼워 입었는지 모르겠다. 신발도 정말 안 신은 것 같다."
"진짜 부잣집 딸 같다. 나도 일본에 예쁜 옷 보내주는 아부지 있으면 얼마나 좋겠노."
"울 아부지 돈 많이 벌었다더라. 이것도 보냈는데 신기해서 죽겠다 마."

정자가 책보자기를 주섬주섬 펴니 예쁜 여자아이 그림이 그려진 분홍 새 필통을 꺼내었다. 필통을 열자 아주 잘 깎여진 새 연필이 가득 들어있어 우리는 와! 하고 비명을 질렀다. 겨우 몽당연필 한두 개 넣어 다닌 정자였는데. 나를 보고 연필 가져오라고 했다. 내가 울퉁불퉁 깎인 연필 두 개 가져가자 정자는 네모진 기계 동그란 구멍에 연필을 넣었다. 그리곤 조그만 손잡이를 두어 번 돌리고 연필을 빼내자 예쁘게 잘 깎인 연필이 나와 깜짝 놀랐다. 너도나도 줄을 서서 차례를 기다렸다. 정자가 기계 구멍에 연필을 넣고 돌리며 마술같이 예쁜 연필이 나와 쉬는 시간에 다른 반에서 우르르 구경을 왔다. 정자의 인기는 예쁜이 영애를 누르고도 남았다. 정자는 다음날 자주색 가방을 메고 수줍게 나타나 우리를 놀라게 했다. 그 가방은 우리 앞집 서울 아이 가방과 닮았는데 예쁜 여자아이가 그려진 멋진 가죽가방이었다. 우리는 다들 책보자기나 집에서 만든 베 가방을 들고 다녔다. 집으로 올 때 정자가 말했다. 아버지가 삼촌 숙모 사촌들 옷이랑 신기한 전기밥솥도 가져왔다고 했다. 이젠 삼촌이 때리지 않는다면서 정자는 남쪽 하늘을 향해 손을 흔들며 활짝 웃었다. 나는 문득 정자가 일본으로 가버릴까 걱정되었다. 겨울방학 어느 날 정자가 우리 집을 찾았다. 하정자가 아니었다. 폭신폭신한 분홍 털스웨터를 안에 입고 학교 여선생님이 입는 까만색 외투에 밤색 털모자를 썼다. 나는 정자가 눈부시어 자꾸만 눈이 껌벅거려졌다.
"엄마야! 너 공주 같다. 일본 가니? 정자야 어쩌면 좋겠냐?"
"울 아부지 나 데리러 왔어. 아부지하고 일본에 살지 여기로 다시 올지 나도 몰라. 아부지 시키는 대로 할래."
정자는 잘깍인 연필이랑 크레용을 주었다. 정자는 새끼 곰이 수 놓인 빨간 털장갑 낀 손을 흔들며 골목길을 갔다. 나는 하정자가 은경에게 빌려 읽은 동화책의 소공녀로 생각되었다. 버짐 핀 얼굴에 아이를 업은 아이, 낡은 청색 원피스 입은 아이가 생각날 때마다 나도 일본에 아버지가 있었으면 참 좋겠다 싶었다.

"제발 좀 가소! 잘해주는 첩년한테 가서 살지 와 나한테 붙어있소?"
내가 빨래 대야를 끼고 점순 집에 가는데 점순 엄마 앙칼진 목소리가 골목에까지 들렸다. 점순 엄마가 할매하고 또 싸우는 모양이다.

"아이고! 내 팔자야 한스럽고 시장스럽다! 서방은 첩년 끼고 사는데 내가 와 늙은 시에미 모시고 산단 말이고! 읍내 사거리서 길을 막고 물어봐라. 누가 잘못하는지."

나는 겁이나 점순네 사립문 밖에 서 있는데 점순 할머니가 낡은 무명 치맛자락으로 눈물을 훔치며 집에서 나왔다. 할매 눈이 통통 부어 있었다.

"나가 썩은 새끼줄에라도 목메고 죽어야지 우찌 살꼬! 점순 애비 어디 사는지 알아야 찾아가지. 무심한 사람아 어미 죽으라고 그리 살쟈?"

점순 할머니는 다리를 절뚝이며 지팡이를 짚고 동네 뒷길로 걸어갔다. 점순이가 빨래 대야를 끌어안고 나왔다. 우리는 천천히 개천으로 향했다.

"점순아, 엄마 화 많이 났네. 와 그러는데?"

"아버지가 살림 차려 여자하고 살고 있으니 울 엄마가 난리다. 엄마가 첩년 집에 가라 해도 할매가 안 간다고 저런다. 엄마는 복장만 차면 우리 할매 달달 볶는다."

"야, 우리 집은 할매가 큰소리치고 울 엄마는 찍소리도 못하는데."

"우리 집은 울 엄마가 대장이다."

정말 우리 할매는 청마루에 앉아 입으로 열 일을 다 시켰다. 엄마는 일머리 알아서 다 하는데 했던 말 두 번 세 번 시킨다고 부엌에서 구시렁대며 짜증을 내었다.
"아이고 시집살이도 끝이 없고 논밭 일도 끝이 없으니 어찌 살꼬!"
밥상도 할배는 사랑에 갖다 드리고 아버지와 할매는 겸상이고 우리는 두레상에 함께 먹었다. 이웃에 사는 삼촌 숙모 사촌들도 늘 우리 집에서 밥 먹고 놀았다.
점순이 남동생이 둘인데 아버지 첩년도 아이를 낳았다고 했다. 그래서 엄마가 더 가슴을 치고 펄펄 뛰며 벼르고 있는데 첩년 머리카락 다 뽑을 거라 했다. 어떤 년은 팔자가 늘어져 호의호식하며 산다고 악담을 퍼붓고, 장날이면 머리에 동백기름 반질반질 바르고 풀 먹인 모시 적삼 입고 나갔다. 점순이 아버지는 타곳에서 집 짓는 시멘트 블록 만드는 사업을 하는데 이제 자리를 잡았다고 했다. 점순이네는 논이 없고 밭이 있는데 점순 엄마는 일손도 놓아버렸다. 밥이며 설거지는 점순에게 시키고 밭일은 할매가 다 했다. 점순 엄마는 어떤 년은 팔자가 늘어져 잘 사는데 일하기 싫다고 했다. 할매 구박은 날이 갈수록 심해졌다. 어느 날 방 두 칸

오막살이 초가집에 암소 한 마리가 들어왔다. 점순 아버지가 끌고 왔다. 동네 사람들이 소구경을 갔다. 헛간이 없어 좁은 마당은 암소가 다 차지했다. 점순 엄마 얼굴이 조금 펴져 있었다.

"자네 이제 사장이라면? 사장되니 얼굴이 좋구먼."

"기다려보게, 나가 우리 군에서 젤 가는 부자 될 거여."

한 달 후 점순 엄마는 암소를 팔아버렸다.

"좁아터진 집구석에 쇠죽 끓이고 마당 치우고 그 일 누가 하라고 소 새끼 끌고 오냐. 돈 바꾸면 열 번 편하지."

점순 할매는 날마다 새벽에 밭에 나가 일하고 해가 져야 너덜너덜 탈진하여 돌아왔다. 한여름 더위가 기승을 부리던 유월 어느 날, 점순 할매가 산비탈 콩밭에 꼬꾸라져 있어 동네가 발칵 뒤집혔다. 물 한 방울 없는 빈 주전자를 끌어안고 죽어 있었다고 했다. 여름 앞서 해 긴 봄날에 허기진다고 커다란 암캐 한 마리를 보신하여 혼자 다 먹은 점순 엄마 얼굴이 보덕각시 같다고 엄마들이 쑥덕거렸다.

"끝자야 학교 가자!" 하고 싸리문에서 불렀더니 끝자 아버지가 나왔다.

"우리 끝자 찾지 말아라. 부산 부잣집에 갔다."

끝자 아버지는 카카 가래침을 뱉으며 집 안으로 들어갔다. 끝자 아버지가 노름꾼인 건 동네 애들도 알고 있다. 소작 얻은 논에 피만 자라는지라 한해 지나면 소작도 뺏겨버렸다. 노상 삼거리 주막집에 들앉아 있으니 끝자 엄마가 죽네 사네 해도 소용없단다. 끝자 위로 언니가 셋 있는데 끝자 낳고 딸은 끝이라고 '끝자'라고 지었다 했다. 끝자 이름 때문인지 끝자 동생은 남동생만 넷이다.

마을 앞 느티나무 그늘에서 아재들이 힘들게 논 메다 점심참에 잠시 더위를 식히고 있었다.

"또갑이 딸 셋 줄줄이 팔아묵더니 이제 끝자 꺼정 팔아묵는가베."

"부잣집이면 뭐하노. 저기 대밭 판석이 누부 집 쌍둥이 알라 보고 일 시키려 데려갔지. 사내 자슥이 사람도 아니여!"

"집구석에 마누라하고 머스마 새끼만 남았네. 딸내미들 다 내보내 입 덜었지. 없는 집구석에 사람 입 하나가 얼마나 무서운데, 생배 곯리니 잘한 거여."

"큰딸이 식모살이 때려치우고 공장 다닌다더니 돈 보냈다고 자랑하데. 노상 주막에서 놀지 땔나무를 하나 상머슴 마누라는 죽으라 일만 하니 팔자 늘어진 사람이여."

 마을 뒷길에서 청솔단 무겁도록 이고 산길을 내려오는 사람을 만났다. 축축 드리워진 청솔가지에 얼굴이 가려 누군지 몰랐는데 너무 무거웠는지 길가에 청솔단 내던진 사람을 보니 끝자 엄마였다. 끝자 엄마는 휴~우! 하고 가쁜 숨을 내쉬고 고개를 젖히며 축축한 수건으로 얼굴에 훔쳤는데, 나무하다 찔렸는지 얼굴과 목에 찔린 상처가 보였다. 나를 물끄러미 쳐다보다 수건으로 눈가를 닦았다.

 "니 갱숙이쟈. 우리 끝자 동무?"
 "예. 끝자 집에 언제 옵니꺼?"
 "나도 모르지. 니캉 같이 학교 댕기믄 좋을 건데 다 내 업보다!"

 끝자 엄마는 내가 도와주어 청솔 단을 끙끙대며 간신히 머리에 다시 이고는 휘적휘적 골목길로 내려갔다. 삼거리 주막에서 큰 싸움이 났는데 때린 사람도 맞은 사람도 술에 취해 인사불성이라고 했다. 머릿수건을 질끈 쓴 끝자 엄마가 들길을 지나 신작로를 달려가는 게 느티나무 아래서 다 보인다.

 "보나 마나 노름하다 쌈박질 났겠지. 또갑이나 찐갑이나 저울에 달며 하나도 안 지울지. 남들은 오뉴월 논바닥 지심 멘다고 등짝이 타는데 지랄하고 자빠졌네."

"일 안 해도 입에 밥 들어오고, 맨날 술 퍼 묵고 노름하니 팔자는 상팔자여!"

끝자 큰언니 수자가 결혼할 남자를 데리고 왔다고 동네가 발칵 뒤집혔다. 군인이라고 했다. 동네서 연애란 아주 금기였는데, 결혼도 안 한 남자를 집에 데리고 오는 일은 동네 큰 사건이라 다들 끝자네 집만 바라보았다. 끝자 아버지는 느티나무 그늘에서 자랑이 늘어졌다. 예비 사위가 비싼 담배 몇 보루나 가져오고 미제 담배도 가져왔단다. 미제 담배는 맛도 희한하다고 자랑했다. 소주 아닌 미제 깡통 술도 가져왔다며 입이 귀에 걸렸다. 아재들은 생전 구경도 못 한 미제 담배 맛보고 싶어 끝자 아버지 기분 맞춰주기 바빴다. 아재들은 또갑이 아재를 속으로 부러워도 하였다.

"딸자식 키우기 아름이지. 촌구석에 붙잡고 있으면 배만 골리고 등신 되어."

"설 팔월 명절에 아부지 엄마 옷하고 동생들 옷이야 양말 다 사서 보내니 효녀들이지. 과자야 사탕이야 주전부리 바리바리 사 오고 아부지 용돈도 주고 간다며. 그러니 자네는 만날 주막에 놀아도 끄떡 없제 암만."

"나야 남부러울 것 없제. 시방 여기 있는 사람만 미제 담배 맛이나 쪼끔 볼테여?"

내 친구 끝자는 추석 지나고 감나무에 감이 발갛게 익어도 돌아오지 않았다. 쌍둥이 애들 봐주고 학교는 잘 다니는지 나는 가끔 끝자가 보고 싶었다.

홍시를 딴 감나무 잎이 가슬가슬 말라가고 새벽이면 무서리가 하얗게 내리던 어느 날 동네가 발칵 뒤집혔다. 저수지에 사람이 빠졌단다. 어른도 아이들도 저수지로 달려갔다. 저수지 산비탈 벼랑에서 사람이 뛰어내리는 것을 낚시하던 사람이 보았는데 여자라고 했다. 저수지 둑길에 사람들이 몰려들고 급박하게 배를 구하고 읍에서 데려온 잠수부 2명이 물안경을 쓰고 저수지 바닥을 헤매며 익사자 찾느라 난리 난리가 났다. 한나절이 지나고 해거름에야 물에 빠진 사람을 겨우 건져 올렸다. 아재들이 탄식했다.

"또갑이 큰딸이여! 또갑이 큰딸, 살림 차렸다는 수자가 못에 뛰어들었어!"

수자, 수자 언니가? 우리는 시퍼런 물 가득한 저수지 둑길에 서서 들들 떨었다. 저수지 언덕의 억새들도 떨고 있었다.

갑자기 머리를 산발한 여자가 "엄마하고 같이 가자!" 비명을 지르며 저수지로 뛰어들었다. 아재들이 달려들어 물가로 끌어냈는데 끝자 엄마가 정신을 잃고 쓰러졌다. 끝자 아버지는 저수지 반석 돌에 눕혀진 퉁퉁 부은 큰딸 시신 옆에 멍하니 쭈그리고 앉아있었다.

바람 불어 서늘해진 저녁해가 언제나처럼 기웃기웃 기울어가고 있었다.